神様お願い！

～神様のトバッチリで
異世界に転生したので
心穏やかに
スローライフを送りたい～

きのこのこ
Kinokonoko

Illustration：壱夢いちゆ。

登場人物紹介
石原《いしはら》那由多《なゆた》
ひょんなことから、異世界の
とある魂なき肉体に魂を宿らせ転生した男性。
左目に入った神様の欠片をパートナーに、
自由気ままに異世界を生きることに。
ツクヨミ
ナユタの左目に宿る神様の欠片。
ナユタから色々学習中。

リンランディア
エルフの商人。洞窟で出会ったナユタをとある街へ案内する。
ランガルト
アネットの父。呪われて狼の姿になっている。
ティーモ
ランガルトの養子。呪われて狼の姿になっている。
アネット
ナユタの肉体の母親。とある帝国の后妃だったが……

序章

「……オイ……もうこの辺りで良いのではないか？」

「そうだな。これ以上行ったら俺たちも危ない」

「……」

凍《い》てつく夜の闇《やみ》に紛れ、三人の男たちが、『帰らずの森』と呼ばれる森の中で馬を止めた。

男たちがいる場所は人里からはだいぶ離れており、時折森の動物たちの鳴き声が聞こえる。

「……いくら魔獣避けがあるとは言え不気味な森だ」

「ああ。さっさと終わらせて帰ろう」

男の一人が馬から降り、馬に括り付けられた大きな麻袋を地面に下ろす。

「……オイ……本当にやるのか？」

「何を今更……それが我々に与えられた任務だ」

「しかし……こんな……殺すのは……」

「これも運命だと思って受け入れるしかない。俺たちも……〝それ〟も……」

もう一人の男も馬から降り、地面に置かれた〝それ〟と言われた麻袋を剣鞘《けんしょう》で突く。

突かれた麻袋は緩慢《かんまん》にもぞりと動き、中に何かが入っていることが窺《うかが》い知れた。

「私は……私は無駄な殺生《せっしょう》をやるために騎士団に入ったのではない！　こんな……こんなボロボロの年端もいかぬ………我らがこの場に捨て置けば、とどめなど必要ないのではないか？」

「誰も彼もそんなことは思わぬだろう……だが……」

「おいっ！　黙れ！　いくら帰らずの森といえども、何がいるかわからん。言葉を操る化け物が出てくると後々厄介《やっかい》だ。任務を遂行して帰還するぞ」

「そうだな。〝それ〟もこんな場所で……いや……この厳しい世界で生きるより事切れた方が幸せだろう……そう思わなければ我々は……」

三人の男はカチリと剣鞘から剣を取り出す。

国への献身を誓った騎士の剣が月明かりに照らされ、鋼が鈍く光った。


その後、三人の男の行方を知るものは誰一人としていない。

おっさん、神様のトバッチリをうける

年号が変わって数回の桜が咲いた頃、俺、石原那由多《いしはらなゆた》は体が動く内にと、早期定年退職を希望した。

実家に戻って、しばらく趣味の旅行――バックパッカーでもしようかと考えていたのだ。

俺はとあることがきっかけでずっと独身で、実家に帰る度に、結婚はまだか？　と、親にねちねち言われていた。五十も過ぎた独身息子にあまり希望を抱かないでほしい。

諸々の手続きなどをするため、一度実家付近の……とはいえだいぶ離れてはいるが……役所へ行くことにした俺は、学生の頃から暮らしたマンションを後にする。

何となく人任せにしたくないな、と思った荷物を詰め込んだボストンバッグを大切に持ち、最寄りの駅へ向かった。

ゆっくりと歩けば、何とも言えない寂寥感《せきりょうかん》が胸に湧《わ》き上がる。

『これでこの街ともお別れか……』

大学を卒業してからずっとこの街で過ごしてきた。

実家は山深い田舎《いなか》で、繁華街に行くには車がなければ始まらない不便な土地だった。若い頃、それが嫌で家を飛び出したのだ。

しかし月日が経つにつれ、山の静けさや風に戯《たわむ》れる樹々の騒めき、自然の音を求め、近所の神社や公園では飽き足らず、山にもキャンプへ行くようになった。

特に、結婚目前で浮気されて破談となり、心が荒《すさ》んでいた時は、色々な所へ行った。

その中でも、どこの街にでもあるような、鎮守《ちんじゅ》の森に囲まれた静かな神社や寺にはお世話になった。

空気が澄んでいるような気がして、自分の中に巣食う澱《よど》んだものや汚いものが浄化される気がしたのだ。安らぐ場所を提供してくれたお礼の意味もあり、旅先では参拝し御朱印《ごしゅいん》を拝受するようにもなった。

昔の人は理解し難いものや恐れ、自然、偉大なものに神という名を付けたけど、自然の中に身を置くと、その意味が少なからずわかった。

自然の中に囲まれると、ちっぽけな自分が……ちっぽけな自分の悩みが、例えば人には計り知れない大きな宇宙空間にポンッと一人投げ出されたような……何もかもがちっぽけで瑣末《さまつ》なことと思える不思議な感覚を味わえたのだ。

その感覚を思い出しながら駅への道を進んでいると、左手に大きな石段が見えてきた。

この街に古くからある神社だ。

せっかくだから、土地神様に挨拶《あいさつ》していくか……

駅に行く道から逸れ、石段を登る。急勾配《こうばい》で段が多いのは、社《やしろ》に向かいお辞儀をするように登らせるためとかなんとか。

本当かどうかはわからないけど、聞いた時にはなるほどと思ってしまった。確かに五十を過ぎた自分にはこの石段は辛く、前を向き背筋を伸ばして上がることは中々に困難だ。

軽く息を切らしながら一息ついて、鳥居を潜《くぐ》り参拝をする。参拝前に手や口を清めるのが良いのだが、今は世界的な感染病が流行《はや》っており、手水舎《てみずしゃ》は使えないように綺麗な花が生けられていた。

鈴緒《すずお》を引っ張りガラゴロと本坪鈴《ほんつぼすず》を鳴らし二礼二拍手。

『……何事も……いや……色々あったけど……概《おおむ》ね大事なくこの街で過ごさせていただきありがとうございました。新天地でもつつがなく過ごせますように……』

最後に礼をし、神社を後にする。

この神社は早朝ともなれば、御来光が鳥居から一直線に本殿に向かって光の道を作る。だが残念ながら、少しずれてしまったこの時間帯ではその光景は見ることはできない。

本殿に向かい頭を下げ、駅へと続く道に戻ろうと足元を見ながら石段を降りた。


――……！


「ん？」

石段の中頃、誰かに呼ばれた気がして頭を上げて辺りを見回す。

今は平日の割と早い時間帯で、見渡す限り参拝する人間は自分以外いない。

気のせいかと気を取り直し、一度空を見上げると――不意に左目に大きな衝撃が来た。

「うわぁ！」

思わず仰《の》け反り両手で目を押さえると、石段から足を踏み外してしまった。

血の気が引く思いをしながら、来《きた》るべき衝撃に備えて体をすくめるが、いつまで経っても衝撃は来ない。

左目を押さえながら、そろそろと右目を開けると、春の澄み渡った青空に白い発光体が見えた。

「っ⁉」

体は不安定で、地に着いた様子がない。俺は何が起こったのかわからず頭の中が混乱した。

『キャッハァ☆』

「⁉」

その白い発光体が突然、女子中高生みたいな笑い声と共にチカチカと不安定に発光する。

なんなんだ!?　どうなっているんだ!?

『矮小《わいしょう》な▲▽▲が、矮小な冴《さ》えない人間の左目に入っちゃったぁ☆　アッハッ！　マジダサお似合いだネ☆』

白い発光体は楽しそうにケラケラ笑いながら、点滅を繰り返しそんなことを言っていた。

混乱している俺を置いてけぼりにして、楽しそうに話が勝手に進む。

『▲▽▲が目に入っちゃったなら仕方ないよね！　▲▽▲は人間の目に封印されて、■■■ちゃんが一番になるの！　一番になった■■■ちゃんをお祝いして、冴えない人間を■■■ちゃんの世界にご招待しちゃうの！　■■■ちゃん優しい！　■■■ちゃん最高☆　■■■ちゃん偉いし優しいから祝福まで授けちゃう！　ふむふむ。今なら、はいすぺっくな体も手に入りそう☆　それで生きていけるかわからないけどねぇ！　キャハッ☆　そうだ、何か欲しいスキルとかある？　好きな言葉とかあればそれでもいいよ☆』

は？　……ス……キル？

よくはわからないが、ぱっと思い付いた言葉なら、天神《てんじん》地《ち》祇《ぎ》とか十《じゅう》全《ぜん》十《じゅう》美《び》とかか？　それぞれ『すべての神々』とか『完璧《かんぺき》であること』とかいう意味だが……好きな言葉ってわけでもないけど。

白い発光体のキンキン声に頭痛を覚えながら、そんなことを考える。

『この世界の言葉はよくわからないけどそれで良いならそれで。あと■■■ちゃんは優しいから■■ちゃんの世界の案内もつけたげる！　■■■ちゃん優しい！　偉い！　敬って媚《こ》びへつらうがいいよ☆　たとえ一瞬だとしても！　信仰は■■■ちゃんをもっともぉーーっと強くするの！　▲▽▲の力は手に入らなかったけど、瑣末なことだもん☆　消すのが大事☆　じゃっ☆　もういっちばん偉くなった■■■ちゃんとは矮小な人間は二度と会うこともないと思うけど優しい■■■ちゃんの世界に好待遇でご招待～☆　矮小な人間はもうこの世界とはばっはは～いなの☆　ジュワッ』

白い発光体が一方的にキンキンと捲《まく》し立てたかと思うと、一際強く発光する。

目の前が真っ白になり、俺は何もできぬまま、気を失ってしまった。

◇◆◇◆◇

『……に損傷……活……限界……治……を……します……了……の……を確認……吸収……融……に成功しました。……適化……推奨……諾……最……化完了……は18％……消滅しまし……は昏睡《こんすい》……態よ……復帰……した……スキ……の確認……最適……を……奨……の指……もと……キルの……適……完了…………──』

……？

先ほどから男の……いや機械っぽい声が煩《うるさ》い……今はＡＩというのか？

ひどい寒さと頭痛がするし、体のあちこちが痛い。

目を開けても真っ暗で、手を伸ばせば何かチクチクした質の悪い布に全身覆われているのがわかった。どうやら閉じ込められているらしい。

一体全体どうなったんだ……？

あの白い発光体が一段と光った時から記憶がない。どこに閉じ込められているのかわからず、俺は懸命《けんめい》にもがいた。

体は弱々しく、もがけばもがくほど息が切れる。

何時間も放置されていたのか、体は冷え切っていた。

今は何時で、実家に向かった引越しトラックはどうなったか……気になることは山ほどある。

まずはこの布から出なければ……

大の大人が数時間行方知れずだからといって、親も警察も動かないだろう。親に至っては飲み歩いてほっつき歩いていると思っているに違いない。

そうだ、携帯《けいたい》を尻ポケットに入れていたはず……！

普段携帯をあまり使っていなかったから存在を忘れていた。

これで連絡がつくかと一安心したが、尻ポケットを漁っても見当たらない。

そもそも、着ている服の質感がさっきと全く違う。それに手持ちのボストンバッグも、少なくともこの袋の中にはなかった。

まさか着替えさせられたのか？　荷物もどうなったんだ……こんなことなら引越し屋に任せるべきだったたか。

大切なものを失い、外部との連絡の手段を断たれ、絶望する。

あとは声を張り上げるしかない。

実は先ほどからずっと、機械の声がボソボソと続いているんだが……この布の外がどうなっているかだなんて気にしてはいられない。

誰か！　誰かいないか⁉

「ーーーーっ！」

喉《のど》は渇《かわ》いていて、カスカスで声も出ないほどだった。

今まで体感したことがない状況だ。自分は一体どれだけの時間放置されていたのか。

ここから出してくれ！　誰か！　助けてくれ！

「ーーーーーーーーーーぁーーーー！」

俺は両手を突き出して、精一杯の声を張り上げた。

最後は獣《けもの》の唸《うな》り声のような叫びだったが、代わりに両手から何かわからない衝撃が起こり、ビリビリと布に穴が空いた。

何が起こったのかはわからないまま、俺は必死にもがいてチクチクした布から出ると呆然《ぼうぜん》とした。

……ここは……どこなんだ？

辺りを見回せば、鬱蒼《うっそう》とした木々に囲まれた、見慣れぬ暗い森の中だった。

まるで自分が小人のように小さくなったのかと錯覚《さっかく》するほどに、周りの木々や低木、雑草などが大きかった。

時折動物の鳴き声や鳥の羽ばたきだけが聞こえる真っ暗闇で、微《かす》かな月明りだけが頼りだった。

『落ち着け……落ち着け……落ち着け……大丈夫だ……冷静になれ……』

荒い息を吐きながら、ボロボロになったチクチクする布を引っ張り、冷静になれと自分に言い聞かせるように何度も念じる。

巨木と低木の狭間《はざま》に入り込み、隠れられる場所を探す。

山で遭難した――わけではないが、その時のセオリーを思い出す。

どこから来たのかわからないから引き返せない……雨具はない……食料もない……防寒具は、このボロ布がある。

体中痛いし、肌寒い。

とにかく日の出まで低体温症を回避しなければならない。

事切れたと思われて山にでも捨てられたのか……？　なんで俺がこんな目に……

雲が流れたのか、ひと際明るい月明かりに辺りは照らされ、運よく巨大な木に洞《うろ》ができているのを見つけた。

入口も丁度低木で隠れるから、外から目立たない。虫は気にはなったが、背に腹は代えられないだろう。あれなら夜露《よつゆ》を防げるはずだ。

俺はボロ布に包《くる》まりながら、一息ついて空を見上げる。

星を見れば大体の方角がわかるからな、子供の頃は山で遊んでいた田舎育ちをなめるなよ。

……今は春だから北斗七星を探して……って、えっ⁉

天を見上げた俺は、思わず口を開けた。

信じられないことに、空には三つの大きな月が、均等に仲良く並んでいたのだ。

春の大三角形ならぬ……月の大三角形……ってか？

ははっ……月……三つ……嘘《うそ》だろ……？

ここはもう白目をむいて倒れても良い気がする。理性が感情に追い付けないほど、心も体も疲弊《ひへい》していた。

……これは夢か？　……夢だろ？

……覚めろ！　覚めろ！

世界で人気を誇った某アニメ映画の主人公の女の子のように頭を抱え、念仏のように繰り返し覚めろ覚めろと唱える。

映画ではここで薄幸《はっこう》の美少年が、おにぎりを持ってきていたが……そんな都合の良いことは起こるはずがない。

俺は今一度、冷静になるように努めた。

なぜこうなったのか、きっかけを思い出すんだ。

神社で左目に何かが当たって、転げ落ちるはずが宙に留まって……

そう、謎の発光体が現れたんだ。

それで口を挟む隙《すき》がないほどのマシンガントークで、ギャンギャンキンキン頭が痛くなるほど喚いていた。

大部分は聞き取れなかったが……『～の世界にご招待』とか『矮小な人間はこの世界とばっははーい』とか言っていたはずだ。

……アイツ、矮小な人間とか敬えとか言っていたな……思い出せば出すほどなんかムカついてきたぞ？

咳払《せきばら》いをし、今一度落ち着こうとする。マインドコントロールだ。マインドコントロール。

仮にここが、あの白い発光体の言葉通り、俺のいた世界と違うと仮定しよう。

月が三つあるから違う世界なのだろうけれど……

あの白い発光……いいやもう糞玉《くそだま》で。糞玉が何か有益な情報を言っていたはずだ。

スキルとか、ハイスペックとか、案内とか言っていたはずだ。

スキルとハイスペックはわからんが……案内……

おい！　案内いるなら出てみろ！

「……っ！」

相変わらず声は出ない。

が、ヴゥウゥンというパソコンが立ち上がる時のような音が聞こえた。

何だ？

『……はい。お呼びでしょうか？』

うわ！　突然声がして驚いたじゃないか。

周囲には人影もない。まったく、姿くらい見せろよ……

『姿を見せることは残念ながら今は不可能です』

え？　今声に出してなかったよな……？　ってさっきから声出てないし……？

そういえば……目覚める前にこの機械のような声を聞いたような気がする。いつの間にか静かになっていたけど……

『はい。私は共同体様の左目に座し、■■■の力を取り込んで私の力に還元し、共同体様のスキルをこの世界に最適化させておりました。先ほどその作業が終わりましたところでございます』

また聞こえてきた。

俺は声の持ち主に語りかけるように念じる。

『は？　共同体様？　って俺のことか？』

『はい。私は■■■に名を消された、この星に座す古き神々の一欠片《かけら》。■■■の手の者により我が依代《よりしろ》が消された時に、星をも砕く力が発生しました。それを■■■が相殺《そうさい》したのですが、遠い異世界へ続く次元断層が開いたのです。私は■■■の手を逃れようとそこに飛び込んだのですが、■■■に見つかり……』

いきなりややこしい話ばかりだ。

それに、ところどころ聞こえない部分がある。どうやら話の流れ的に、人名だと思うのだが。

『……次元断層？　そこに飛び込んだ先に俺が住んでいた地球があって、お前が俺にぶつかったわけか。それで、運悪くも俺の左目に入ったんだな。さっきから聞き取れない言葉は糞……否、あの白い発光体のことか？』

『その通りです。共同体様には大変申し訳ないことをしたと思います。■■■は、この星に住まう者には、美の女神エレオノーラと呼ばれておりますが……奴は貪欲《どんよく》に力を追い求め、この世界の他の神々を喰《く》い散らかした共喰い神なのです。そして私が、奴に喰われた最後の一柱でした』

『美の女神ぃ？　つまり本《もと》を正せばあいつが悪いんだな……もう本当に糞でいいわ。糞女神。悪の権化《ごんげ》じゃないか。美の女神じゃなくてまんま禍津神《まがつかみ》だし。しかも神様食い散らかすとか……』

禍津神というのは、文字通り邪神のようなものだ。

それにしても、話し相手がいるせいか、先ほどまでの恐慌状態は落ち着いた。

話を聞くとあの糞玉……改名糞女神が、このわけのわからない状態を作り出した元凶というのはわかった。

そして一番聞きたかったこと。

『……なぁ。無理っていうのはわかってはいるけど……俺が元の世界に戻るのは……』

『同じ座標というのは不可能に近いと思われます。たとえ、この世界の神の依代をもう一度破壊しても、次元断層が同じ座標に開くとは限りません』

よく漫画とかでありそうなやつだ。

――わかっていた。

目覚めた時から体中が痛かった。夢じゃないのはわかってる。

今まで築いたありとあらゆる関係に、稼いだ金……貯金に、死んだ時に棺に一緒に入れてもらおうと思っていた御朱印帳。俺がいた証が皆《みな》、なくなった。

『……なぁ……親父とか……お袋は……』

『……共同体様は、私が左目に入った瞬間に、■■■にすべての時間軸での存在を消されました。

御母堂は共同体様を産んだことさえ覚えていません』

『……そっか……』

思えば……思えば親孝行なんてしたことなかった。

心配ばかりかけて孫の顔さえ見せられなくて。まさか俺の方が先に消えるとは思わなかったし。

これからそばにいて……ちょっと旅に出て帰ったら一緒に畑やって……っ……うん。ちょっとだけ……ちょっとだけ。気持ちを落ち着けても良いかな。

父さん。母さん。何もできなくて……ごめんな。

湧き上がる熱がコントロールできなくて。口の中がしょっぱくて。うん。

大きな木の洞で膝《ひざ》を抱えて、ボロ布ひっかぶって飽きるまで泣いた。

◇◆◇◆◇

泣いてすべてを吐き出したせいか、心がすっきりとした。

左目にいる存在に恥ずかしいところを見せてしまったと思いつつ、今後について考える。

いつまでも嘆いていても仕方がない。ここで生きていく術《すべ》を探していかなければならないからだ。

あの糞女神は、『生きていけるかわからないけどねぇ！』とか言ってやがった。

なんか癪《しゃく》だし、俺はこの世界の人類最高年齢なご長寿さんになって、自他共に認める世界一のご長寿さん的称号を貰って死んでやる。

この世界に世界一を決める機関があるかは知らんけどな！

『っと、そういえば、あの糞女神が言っていた、ハイスペックな体ってなんだ？　改造人間みたいに改造されたってことか？』

漫画だと改造されて命を落とすケースもある。しかし悲劇の主人公的ヒーローになるケースもあるはずだ。

『……何か改造人間？　についての熱い思い入れがあるみたいですが、残念ながら改造ではありません』

『そうか……』

ちょっと期待してしまった。断じて残念がってはいない。

『……ですが少し近いかもしれません。いくら[redacted]でも、共同体様の肉体を送り込むことは無理だったようで、魂魄《こんぱく》だけ送り込んできたようです。私は共同体様の左目に封印されましたが、肉体ではなく魂魄に封印されたから一緒にここに来たわけですね』

『つまり？』

『魔力によって強化された体に、共同体様の魂《たましい》が入り込んだのです』

『!?　え？　魔力？　魔法とか使えるのか？　いやそれ以前にこの体の元の持ち主はどうなったんだ？』

びっくりして体を見下ろすと、月明かりに照らされた、枯れ枝のように細く小さな手足が見えた。

俺の体は、幼児にそのものになっていた。

『……嘘だろ……!?』

なぜ今まで気が付かなかったのか。自分の体だという疑いのない思い込みと、見知らぬ所へ突然来たショックで、体が変わっているなど思いもよらなかった。

衣服はいつの間にか薄《うす》い貫頭衣《かんとうい》のようなものに変えられていた。道理で寒いわけだ。

『この体の持ち主は、元々いなかったのです』

『は？』

『この体の記憶を読むと……そうですね……ここからまっすぐ、あの山脈を越えた北の方にある国の皇子で……軍馬を……』

『ちょ！　ちょっと待って!?　皇子も気になるけど……元々いないとはどういうことだ？』

『そこが[redacted]が言っていた、はいすぺっくという理由で……この体は、随分《ずいぶん》と魔力血統が濃い血筋のようです。人に宿る魔力の強弱は、血統によって決まるとされていて、魔力の強い家系同士で結婚することで、より強い次世代を産もうとするのがこの世界の常。ただ、あまりにも魔力血統が濃いと、中身がない子供が生まれることがあるのです』

『魔力血統？　中身がない……植物人間ってことか？』

『植物状態という表現は初めて聞きましたが……植物よりも自由はありません。ただただそこに存在するだけ。飲まず食わずでも、周囲の魔力を取り込みある程度は体を維持できますが、動くこともない、生ける屍《しかばね》のような者です。そんな風に生まれた子供たちは総じて、精霊に魂を奪《うば》われた【精霊の子】と言われております』

植物は花を咲かせたり実を実らせたり子孫も増やせるし、植物人間状態から復帰した人は、寝ている間みんなの声が聞こえたとか、そういった体験談がある。

精霊の子はそうはいかないのか……

『そして精霊の子は、過去の忌々《いまいま》しい事件のために、存在するだけでも恐れられ、大抵の場合は森などに捨てられて魔獣に食われるか、親の手で殺されるか……いずれにせよ、似たような末路を辿《たど》ります』

『じゃあ……この子も捨てられたのか？』

ボロ布を被って、貧相な服をまとった枯れ枝のような体を見る。

『そうですね……捨てられ……三人の騎士に殺されそうになって……』

『え？　その騎士たちは？　起きた時は誰もいなかったような……』

『はい。丁度共同体様がこの体に入った時……■■■の力に接触し、消滅しました』

『消滅!?』

『強すぎる神の力は、人にとっては脅威ですから。しかも異世界から私が入った魂魄を送り込むほどの力です。騎士といえどただの人間、ひとたまりもなかったでしょう』

俺たちが来たことによって、三人もの命を奪ったってところに驚いた。

本当にあの糞女神、碌《ろく》なことをしない。この体を殺そうとした見知らぬ騎士たちよ……安らかに眠ってくれ……

『あ……でも俺がいた周囲に木々は生えていたけど……』

『それはここが【記憶する森】だからです』

『記憶する森？』

『人間には【真宵《まよい》の森】【帰らずの森】【精霊の森】などと言われています。この森自体がダンジョンのようなものになっていて、急激な変化が起きても、状態を元に戻すのです。特にこの場所は、最深部に近く、効果も高めですね。似たような土地は世界各地に存在します』

『ダンジョン……』

ゲーム好きな奴らが血を吐くほど喜ぶワードが出てきた。ということは……

『もしかして……俺も魔法が使えたりして……』

『はい。その通りです。共同体様の世界では科学が発達していたようですが、この世界では神々が星を守るため、永久的に自然を壊すような兵器などの技術を排除してきました。この森もその一環です』

確かに俺のいた地球は、地球ができてから現在までに比べれば、まばたき程度の短時間で、科学が発展し環境が破壊されていた。それを思うと排除は致し方ないのかなとは思う。

それにしても、剣と魔法の世界か。

俺はゲームをするとすぐに酔ってしまって、付き合い程度にしかできなかったが、超能力には憧《あこが》れた。子供の頃、スプーンを握りながら超能力者が出てくるテレビ番組を見ていたのが懐かしい。

ゲームにも慣れていない俺が、リアルに剣と魔法を体験することになってしまって先行き不安ではあるが、少し楽しくなってきた。

でもこの世界の社会がよくわからない。

そもそも、この体はかなり幼い気がするが、働き口はあるのだろうか……とりあえず過ぎたことは仕方がない。

生きる術《すべ》を見つけて、前向きにいっちょ異世界楽しんでみますか！

第一章　捨て子な幼児

幼児×ステータス

『あ！　そういえばあんたの元の名前、なんて言うんだ？　俺は石原那由多って言うんだが……勿《もち》論《ろん》「様」はいらない。あ、でもこの体の子の名前が……』

『元の体に名はつけられてないようですから、那由多と呼ばせていただきます。私の名は■■■に消されてしまったので……今の私に名はありません。お好きに呼んでくださってかまいませんよ』

『この体の子は名をつけてもらえなかったのか……やるせないな……』

……それにしても、神様が名前を消されるって、聞いたことがあるようなないような。

俺が聞いたことがある話じゃ、その宗教自体は残ってるそうだけど……左目の存在の信者はどうなったんだろうか。

『しかし、お好きにって言ってもなぁ』

欠片といえども神であることは違いない。

ガイドだからカイドとか？　うーん。ナビゲートのナビィ……なんか違うな。

ふと空を見上げると、俺がいた国ではなかなか見られなくなった、夜空に敷き詰められた数え切れないほどの星の煌《きら》めきと、三個の月が変わらず空に浮かんでいた。

女神だったら、北欧神話から過去、現在、未来をつかさどる神様――ノルンって名を貰うのだけど、なんとなく声が男っぽいしな……男の神様……中国の生と死を司る南斗星君《なんとせいくん》とか北斗星君《ほくとせいくん》とか……でも星の位置も全くわからない。

あ、良い名前があった。

俺が最後に参拝した神社。そこで祀《まつ》っていた神様。そしてこの世界に来た時間、さらに俺に現実を見せた三つの月。

『ツクヨミはどうだ？』

『……ツクヨミ……』

『うん。夜を司る月の神様……月読命《つくよみのみこと》』

俺のいた国は、どんな国の神様でも受け入れ、畏《おそ》れ、祀る国だった。

自然とか歳を経た古い道具とか……他国では悪鬼羅刹《あっきらせつ》と言われるものや、人肉を食べる魔女さえも神様として受け入れていたほどだ。

月読命はその国を作ったとされる神様の子供の一人だ。

『あんたが俺の左目に飛び込んだ時に参拝していたのが、地元の月読命を祀った神社だったんだよ。丁度今、月も出てる。しかもこの神様は月から転じて、ツキ《運》を呼び込む神様って言われてるんだ』

『……名付けの感謝を。そして異世界の力ある古き神の名前を拝する栄誉を賜《たまわ》りましょう。我が名はツクヨミ……夜の帳《とばり》をまとい月の現し身ツクヨミ』

ツクヨミがそう言って名前を唱えたら、体中の力がスッと抜けるような感覚がした。

『なんだ!?　低血糖《ていけっとう》か？　貧血か!?』

『申し訳ありません。私への名付けで、那由多の魔力の大半を消費しました。そのため一時的に魔力が枯渇《こかつ》している状態です。しばらくすれば元に戻るのですが……』

『なんだよ！　そういうことは先に言ってくれよ』

コロリと木の洞で転がりながらぼやく。

しかし魔力か……そういえばスキルのことも聞きたかったんだった。俺のこれからのことを決める能力だし。

『なぁ、あの糞女神が言っていたスキルってヤツなんだけど、どんな感じになってるんだ？』

『ふふっ。なかなかすごいことになっていましたよ。なにせ十全十美と言ったことで、■■■はこの世界に存在するすべてのスキルを那由多に与えることになりましたからね。そのぶん、彼奴《きゃつ》の神力が放出されることになり、彼奴本体の力が弱体化したほどです。おかげで■■■の神力を、逆に食らってやりましたよ。そうそう、スキルがたくさんあって使いづらそうだったので、圧縮してまとめて一つのものにしておきました』

ドヤ顔の気配が左目から伝わってくる。

最初にパソコンの起動音かと思ったのは、その圧縮とかなんとかの作業をしていた音だったのだろうか？　虫の羽音にも似ている気もするのだが……

『ありがとうな。助かったよ。なにかスキルを見られる方法とかあるのか？』

『まずは「ステータスオープン」と唱えてみてください』

『ステータス……オープン？』

寝たままの姿勢で、さっきの号泣とはまた違った気恥ずかしさを覚えながら小さく唱えてみると、空中にディスプレイが出てきた。

『へぇ！　自分の力で出すことができるのすごいな！　俺がいた世界だと最先端技術だよ』

『ふふふ。魔力があればこの程度のこと、造作もありませんよ』

名前　　：石原　那由多
年齢　　：3
種族　　：半神？
称号　　：捨て子、異邦人《ストレンジャー》
固有スキル：天神地祇
十全十美

『半神？　てか年齢ーーーー!!　3って三歳のこと？　ってか、異世界の三歳発育良すぎでは？？しっかり歩けるし、六歳くらいかと思ったぞ!?』

『すみません。半神は私がいるためにそのような曖昧《あいまい》な存在になってしまいました。それはいずれ解消するとして、体はこの世界ではまだ小さい方です。魔力だけで生きていたようなものですから……』

『まだ小さい方って……』

他の子どもはどれだけ発育良いんだ。異世界の三歳児怖い。

ツクヨミは神様の欠片って言ってたもんな……今は姿は現せないって言っていたし……そのうち神様として復活するかもしれんから解消ってことか？

まぁそれは追々わかるだろう。

『お？　スキルの文字が光ってる？』

『押してみてください。詳細が載《の》っていますよ』

天神地祇
異世界の神々の加護、過去に石原那由多が蒐集《しゅうしゅう》した御朱印による加護（極小）が与えられる。
十全十美
この世界に現存するすべてのスキル、その他能力を所有する。
なおこの世界で失われたスキルその他能力はその対象にあらず。

は？

もうちょっと詳しく説明してくれないか、と思っていると、また画面が切り替わった。

▽天神地祇
天之御中主《あめのみなかぬし》の加護（極小）、天之常立《あめのとこたち》の加護（極小）、豊雲野神《とよくもののかみ》の加護（極小）
天照大神《あまてらすおおかみ》の加護（極小）、月読命《つくよみのみこと》の加護（極小）、須佐之男命《すさのおのみこと》の加護（極小）
宇迦之御魂神《うかのみたまのかみ》の加護（極小）、豊宇気毘売神《とようけひめのかみ》の加護（極小）、櫛名田比売《くしなだひめ》の加護（極小）
大国主神《おおくにぬしのかみ》の加護（極小）、大和武尊《やまとたける》の加護（極小）、建御名方神《たけみなかたのかみ》の加護（極小）
天宇受売命《あまのうずめのみこと》の加護（極小）、猿田彦命《さるたひこのみこと》の加護（極小）、大綿津見神《おおわたつみのかみ》の加護（極小）
五十猛命《いそたけるのみこと》の加護（極小）、瀬織津姫《せおりつひめ》の加護（極小）、天之御影命《あめのみかげのみこと》の加護（極小）
石凝姥命《いしこりどめのみこと》の加護（極小）、玉祖命《たまのおやのみこと》の加護（極小）、大口真神《おおくちのまかみ》の加護（極小）
……etc.

▽十全十美
〔武術〕
短剣Lv1、剣Lv2、大剣Lv1、盾Lv1、投擲《とうてき》Lv1、棒Lv1、槍《やり》Lv1、斧《おの》Lv1
弓Lv2、暗器Lv1、体術Lv3
〔魔法〕
火Lv1、水Lv1、土Lv1、風Lv1、光Lv1、闇Lv1、聖Lv1、呪Lv1、空Lv1
時Lv1、無Lv1
〔生活〕

調理Lv56、清掃《せいそう》Lv34、裁縫《さいほう》Lv8、交渉Lv24、社交Lv38

〔創造〕

鍛冶Lv1、細工Lv1、陶芸Lv1、木工Lv1、魔道具Lv1、絵画Lv3、詩Lv1

音楽Lv19、地図Lv1、建築Lv1、農業Lv5

〔スキル〕

【神眼】、【無限収納】、【言語翻訳《ほんやく》】、【予兆】、【魔法創造】、【付与魔術】、【空間転移】

【魔獣調教】、【身体強化】、【体魔力自動回復】、【探索】、【毒耐性】

……etc.

っておい！　多すぎだろ!?

というか、レベルが高いものもあるな……調理、清掃、音楽……社交?

『あ。もしかして、今までの俺の生活スタイルが反映されたのか?』

一時期チェーン店の再現料理とかにはまったし、花金な仕事帰りとかによく部下を連れてカラオケに行ってたんだよ。武術系とか絵画とかは学生の頃の授業の影響だろうし、裁縫は単身だったのでボタン付けくらいはやった。農業は小さな頃から上京するまで親の手伝いをしていたからな。

『その通りです。那由多が今まで培《つちか》った経験をレベルで換算してみました。まだまだ処理しきれていない部分がありますが、なかなか使い勝手が良くなっていると思います。あとは使いこなして魔法やスキルもレベルを上げると良いですよ』

ツクヨミのドヤァ～の気配がするが、これはいかん気がする……

『人間、過ぎたるはなお及ばざるが如《ごと》しって言ってだな……』

『まぁ、備えあれば憂《うれ》いなしとも言うじゃありませんか。無理やりこちらの世界に来たのですからイージーモードで気楽に行きましょう』

『お？　イージーモードなんてこの世界でも使うのか？』

『いいえ、那由多の記憶を学習させてもらったのです。いけなかったでしょうか？』

『や。大丈夫』

まぁしばらく一緒にいるだろうし、気兼ねなく話ができるのもいいかな……ただ俺の黒歴史を覗《のぞ》かれたのは痛い気もするが。

号泣も見られて？　るし、まぁいいか。

それに俺の記憶を覗かれたせいか、最初の話し慣れないというか機械のようなぎこちなさはなくなってきたようだし。

『さて。これからどうするか……人里に向かうにしても、金もないし体も幼児だ』

『ちなみに那由多の財産は、この世界の貨幣に変換して、【無限収納】スキルの中に入れておきましたよ』

『え？』

『流石《さすが》に株券や債券《さいけん》等は手を出せませんでしたが、貯金分くらいならなんとか私の力でも変換できましたので。しばらくの資金としてお使いください』

俺は時が止まったようにしばらく息をしていなかったと思う。

身一つ……いや、魂一つでこの世界に投げ出されて、少し不安だったのだ。

当座の資金があるならば、人里に行ってもなんとかなるかもしれない。

『ありがとう……』

『はい。どういたしまして』

たとえこの世界に来たきっかけがツクヨミでも、もし今こいつがいなかったら俺はどうなっていたのか。今はこの縁に感謝しかない。

『これから……ツクヨミはどうすれば良いと思う？』

『流石にこの世界でも、幼児が一人でいたら、孤児院送りにされるか、浮浪児《ふろうじ》と共に治安の悪い貧民街で野宿かになりそうですね……この森でしばらく暮らすのもありだと思いますよ？』

『森で？』

『はい。この森は、ダンジョンのようになっていると先ほど言いましたが、食料や薬など、生活に必要な素材が尽きることなくよく採れるのです。この周辺の国々の人らは、冒険者に依頼し素材を採取してもらい、日々の糧《かて》にしているのですよ』

冒険者……まさに漫画やゲームの世界だ……

『じゃあ、明るくなったら拠点を見つけて、しばらくこの森で生活してみるか……』

『はい。では今日はゆっくりお休みください。私が結界を張っておきましょう』

『わかった……後のことはよろしく……』

俺は大きく欠伸《あくび》をして、明日に思いをはせる。

今日は色々なことがあって疲れたけど……明日はどんなことが待ち構えているのか。

その後、俺は夢も見ずに深い眠りに落ちた。

◇◆◇◆◇

明朝、目が覚めると魔力欠乏？　と体の痛みがだいぶ治っていた。寒さもなくなったがツクヨミの結界で快適な温度を保っているからだそうだ。

ツクヨミ曰《いわ》く、この体は生まれてから三年、動いていなかったそうだ。それが突然動いたものだから、ひどい筋肉痛のようになっていたとのことで、むしろよく動けたものだと感心した。

最後まで詳しく見てなかったスキル【体魔力自動回復】と【身体強化】で、ある程度魔力も痛みも回復したとのこと。筋肉もつけなければ……と思いつつ腹をさする。

『那由多。具合はいかがですか？』

『だいぶ良くなったよ。ただ腹が減った……』

『拠点探しの目星はつけてあります。出発前に腹ごしらえしておきますか？　体を動かすようになったから、大気から吸収できる魔力では栄養が賄《まかな》いきれなくなってきて、お腹も空いているでしょう？』

そうか、元々大気から魔力を吸収して生命を維持してるって話だったな。だから昨日は腹が減らなかったのか。

『うん。食べ物が見つかれば食べたいかな。何か拠点に当てがあるのか？』

『はい。ここから……那由多の国の言葉だと……そうですね、二百キロメートル弱行った辺りに、古い遺跡があります。そこがまだ使えれば良い拠点になりますよ』

『うーん。二百キロか……だいぶあるな』

都内からだったら静岡辺りだろうか……幼児の徒歩だと何日かかるのか。しばらく野宿を覚悟しなければならないな……

『いえいえ。そこで那由多がお持ちのスキル【空間転移】ですよ。今は【空間転移】と連動する空魔法のレベルが低いので、数百メートル、目に見える範囲までしか進めません。ですが繰り返し使うたびにレベルが上がりますので、いずれは一度行ったことのある場所など、自由に転移ができるようになりますよ。勿論、朝食もスキルで探してから行きましょう』

ふむ。スキルを使うと、それに関係する魔法属性のレベルも上がるのか。

『スキルって便利だな』

俺が若かった時流行ったゲームや漫画やなんかは、呪文で移動とか、生き物だったり船だったり乗り物に乗って移動するとか、遺跡等の転移装置間移動とか、色々あったものだ。

それを実際にこの身で使えるということで楽しみだ。レベルを上げるためにちょっとずつでも試していかなきゃな。

『さて。食料探しですが、スキルの【神眼】を使いましょう。こちらは物事の情報を読み取ることができる【鑑定】の上位スキルで、レアアイテムやレア素材は通常とは違う色で表示されます』

へえ、便利なものだ。

『目に魔力を溜《た》めて【神眼】を開眼させていきます。少し魔力の使い方の手助けをしますね』

ツクヨミがそう言うと、俺の体の中で渦巻く何かが、どんどん左目に集まってくる感覚がした。

思わず目を閉じてしまったが、コレが魔力ってやつか……

ぐるぐる……

ぐるぐる……

魔力が体を巡る……

何か……が……掴《つか》めた……気が……する。

そろそろと目を開くと、今まで見ていた景色に、無数の文字が加わっていた。

大部分が白色と灰色の文字だが、たまに黄緑色に紫色、黄色で書かれた文字が見えた。

『赤く点滅しているものは危険ですのでお気を付けください。白↓灰↓黄緑↓紫↓黄の順で、希少価値が高くなっていきます。魔物などが寄ってこぬように結界を――聖域結界《サンクチュアリー》を張りますので安心して採取してください。この結界は、魔物や悪意のあるものを通さない優れものですから』

魔物とかいるのか……

早速キョロキョロと辺りを見回すと、よく見知ったものばかり目に入った。

『タラの芽に虎杖《いたどり》に……コシアブラ……あっちは月桂樹《げっけいじゅ》だ……地球と同じ植物が生えてるのか。植生とかどうなってるんだろうな』

『それは、那由多のスキル【言語翻訳】が働いているからですね。実際にはこちらの世界の名前を持つ植物ですが、スキルによって、この世界のあらゆるものが、那由多の知っている近しいものの名前に翻訳されているのです。世界が違うので生態には多少差異がありますが。そしてまた逆も然《しか》り。那由多の言葉は翻訳され、あらゆる相手に伝わります。勿論、書いた文字もです。便利でしょう？』

『そいつはすごい！　翻訳の仕事も思うがままじゃないか！』

『ふふっ。失われた神聖文字や古代帝国語の翻訳さえも意のままです』

『……それはちょっといかん気がするんだが……』

とりあえず目に入ったすぐ食べられそうなオレンジらしき果物や苺《いちご》、枇杷《びわ》などをもぎ取り食べる。

実りの季節がてんでバラバラではある。そして品種改良がされていないせいか、日本のものより酸味はあるけれど、それなりに美味しく食べられた。

が、今までこの体が食物を摂取していなかった弊害《へいがい》か、あまり量を食べることができなかった。

『徐々に慣らしていきましょう。余ったものは【無限収納】に入れて保管もできます。【無限収納】は入れた状態のまま時が止まりますから、少し多めに採っておけばいつでも食べられますよ。収納する時は掌《てのひら》に魔力を溜めて……』

『……なるほど……こうして……』

手に持っていた苺が瞬《またた》く間に消え、パッと目の前に小さめの空中ディスプレイが現れた。

と表示されている。

『おお。コレが収納か。めちゃくちゃ便利だ。手当たり次第入れたくなる』

『でしょ？　ついでに、右上の数字がお手持ちのお金となります。ここから近い国の貨幣ですが、古く強い国で貨幣価値が安定してます。単位はリブラ。1リブラは、元の那由多の住んでいた国の価値だと……そうですね……大体1円でしょうか』

所持金　285681 35lb

確かに、積立とか株式投資とは別に貯金していた金額が、円で大体この位だった。丁度退職金も振り込まれた後だったから、割と高額になっている。

ニマニマと口元が緩む。

さぁ！　腹ごしらえもすんだし、いざ拠点（仮）へ！

幼児×誰もいない街

あれから鑑定することに慣れた俺は、ツクヨミの案内でレア植物など採取しながら目的地に進んだ。

途中で植物を採取する時、道具がなかったので、『超音波カッターがあればなぁ……』と、ぼやいた。

そしたら、『ハイ、それ採用』って、ツクヨミが頑張って無属性魔法で再現してくれた。それをその場で叩《たた》き込まれたおかげで、採取の効率は上がった。

そうこうしている間に声も出せるようになって、鼻歌なんか歌いながら進んだ。

というか今気付いたけど、まるで初めてのおつかい状態だ。鼻歌歌いながら寄り道……まあ良い。今は三歳だし。許されるはず。

たまにツクヨミが張った聖域結界《サンクチュアリー》に、でかい鳥やら動物、魔物？　やなんかが特攻《カチコミ》を決めてきては、弾かれて転がって気絶していた。

どうしたものかと思っていたら、ツクヨミがさらっと提案してくる。

『気絶してるだけでまだ生きてますからね。こういう時は、スキル【探索】で探し当てた心臓などを転移させちゃうと楽ですよ』

そんなエグいことを簡単に言うし、言われたままに実行した俺も大概である。

そして【探索】が有能すぎる。心臓など肉体を動かす重要な器官を探り当ててしまうのだ。

動物を捌いた経験は流石にない。だが、実家で暮らしていた時、近所のおじさんらが「畑さ～いく時、トラックに体当たりしてきたからやるわ～」って、俺んちの庭で猪《いのしし》やら鹿やらを捌いてお肉をいただいていたので、食べられるものの殺生に関しての躊躇《ちゅうちょ》はなかった。

だが、二足歩行の魔物には参った。

昔、父親が某国で野生動物の狩猟体験をした際、猿を撃ったらしいが、「人間を撃ったみたいで本当に嫌だった。もう二度としたくない」と言っていたが……その気持ちがわかった。

しかしツクヨミが『この魔物は○○が高額で売れますよ』とか、『この魔物はお肉が美味しいのです！』とか言うので、二足歩行だろうと何だろうと、この世界では魔物を容赦なく狩るのは当たり前らしい。

いずれ俺も二足歩行の魔物を殺すことに躊躇はなくなるのだろうな……と思いながら、亡骸《なきがら》に手を合わせどんどんと収納に入れていった。

道中、採取とか狩猟に明け暮れているうちに、目的の場所に着いた。

眼前に広がるのはまさしく森に眠る遺跡といった見た目で、神秘的である。どういう遺跡なのか気になった俺は、石造りのアーチ辺りを【神眼】で鑑定してみた。

▼堕ちた天空の城郭都市【妖精の箱庭《ザ・シークレットガーデン》】

……ゴシゴシゴシゴシ。

▼堕ちた天空の城郭都市【妖精の箱庭《ザ・シークレットガーデン》】

……ゴシゴシゴシゴシ。

『那由多？　どうかしましたか？　あまり目を擦ると結膜に傷がつきますよ？』

「……いや、そんなことよりもツクヨミさん。俺にはこの場所が堕ちた天空の城郭都市とか妖精の箱庭って読めるから、翻訳の間違いかなと思って」

『？　さんだなんてなにを他人行儀《たにんぎょうぎ》な。それに間違いなくここは【妖精の箱庭《ザ・シークレットガーデン》】。かつて天空を支配した城郭都市です』

……ねぇ。どこから突っ込めば良いと思いますか？

三歳児をなんつぅ厳《いか》つい場所に案内してくれてんの？　中身おっさんでもドン引き案件ですよ……？

『ささっ。のんびり見てないでどんどん中に行きましょう！　陽が傾いてしまいますよ』

「……わかった……」

ふぅ、と、ため息を吐《つ》いてアーチを潜る。

「？」

薄い……なんと言えば良いのか……エアーカーテンを潜ったというのか。何か空気の膜のようなものを通り抜けて、さっき立っていた場所と遮断された場所に入った感覚があった。

『よかった。まだ生きていますね』

「生きている？」

『はい。このアーチからこの都市を囲って、結界が張られているのです。古代神聖文字で書かれた結界ですから、能力も神様の保証付きですよ。私が保証しましょう』

「なるほど……じゃあさっきの魔物たちなんかは入れないってことか」

『その通りです。さぁ、このまままっすぐ行ってください。前にある大きな石の建物です』

前を見れば、遠くに大きな石造りの砦《とりで》のようなものが建っていた。

遠くといっても、ここまで来るのに【空間転移】のスキルレベルの上がった俺にとっては一瞬だが。

「なぁ。ここの城郭の持ち主に断らなくていいのか？」

『那由多は良い子ですね。普通だったらヒャッハー！　俺が一国一城の主人じゃー！　女子よ近うよれー！　とか言うところですよ？　良い子良い子』

「……ツクヨミは俺のどういう記憶を読んでいるの？　謎が深まるばかりなんだが……そういうことを言うほど、俺もう若くないんだよね」

『え？　三つですからまだなにをしても許されますよ？　例えば幼稚園の先生のスカートの中に潜《もぐ》り込んでも怒られませんから！』

「……いやいやいや！　人聞きが悪いこと言うな!?　なんだかだいぶ最初と印象が違う気がするんだけど……」

『ふふっ。すみません。人と話をするのが楽しいもので。前はこんな風に人とやり取りすることなんて、ほとんどなかったものですから』

ぐぬぬ。そういうことを寂しそうに言われると弱い。しっかり俺の泣き所を押さえてある。

『まぁ言うなればこの場所は、勝手に落っこちてきた、巨大な不法投棄された箱物と思っていただければ。持ち主もお亡くなりになっていますし、使った方が喜ばれると思いますよ』

「不法投棄……」

随分とスケールがでかい不法投棄だ。

『さ！　どんどん攻めていきますよー！　城攻めじゃー』

「ツクヨミさん……」

彼がどこへ向かってキャラを作っていっているのかわからぬまま、指示通り石の建物の奥深くに入り、ひたすら階段を降りていく。

するとある地点で、巨大な扉が現れた。

『ここが【妖精の箱庭《ザ・シークレットガーデン》】の秘密の花園――心臓部になります。魔力を込めて、扉に手を近づけてください』

「こんな感じか？」

スッと扉に手をかざすと、幾何学《きかがく》模様に青い光が走り、中央の一際大きい丸い宝石のような半球に吸い込まれていった。

すべての光が吸い込まれると、カリカリカリという歯車が回るような音が響き始め、扉が開く。

『うわ……すごい……』

部屋の中央には、精巧に作られた大きな街のジオラマが鎮座《ちんざ》している。

空中に浮かぶ丸い光球が、煌々《こうこう》と部屋の中を照らしていた。

四方の壁には、老舗《しにせ》呉服店にありそうな横長な呉服棚っぽいものや、江戸時代の薬棚のような家具が、高い天井まで嵌《は》め込まれていて壮観だ。

それにしても、なんと精巧なジオラマか。

小さな城が小高い丘に建てられており、その下へ続く城下町。

城の方は、少し崩れたところはあるが、青く美しい屋根と白い石壁でできた、ドイツのホーエンツォレルン城のような趣《おもむき》がある。

城下町の屋根も城と同じく、青く揃《そろ》った小さな可愛い家たちが規律よく並んでいた。

城下町を過ぎれば辺りは金色の麦畑などの田園風景が広がり、やがて右側には海を模したのか、青く透き通った水らしきものがある。反対側には森やうっすら雪化粧をした山まであった。

大きさとしては、城の高さが俺の身長の倍くらいはあるだろうか。教室くらいはありそうな、決して狭くない部屋だが、ジオラマがかなりの面積を占めている。

『だいぶ手直ししなければならない所がありますが、これなら充分使えるでしょう』

「手直しって、このジオラマのことか？　ものすごく手が込んでいるな。どこかの国を模したのか？」

役所や博物館などによくあるジオラマを見るのが好きな俺は、じっくり隅々まで見る。

小さな窓から見える部屋の中までも精巧にできており、本物をそのままミニチュアにしたような出来栄えだ。ああ、実家のプラモ並べてぇなぁ……

『模したのではなくここが国なのです』

「は⁉」

『代々国民はここで生まれ、生活し、息絶えてきました。今は亡き、天空の城郭都市の城下街、アンダーザローズ。私がまだ人間だった頃……数百……いえ……数千年前、神へと近づいたと驕《おご》った人々の乗った箱舟は、神の怒りに触れ、翼をもがれて堕ちたのです』

ちょっとツクヨミさん。何個重要キーワードを放出すれば気が済むのですか？　初めて聞くワードだらけだし、それ、かなり重要度高くありませんか？　空いた口が塞がりませんよ？

えっと、まずは一番気になったことから。

「ちょっと待って？　ツクヨミさん人間だったの？」

『はい。この世界の神々は、元は人たる者が多かったのです。たまに風変わりな生き物などもいました。今、神は一柱のみとなりましたが……』

うんうん。大丈夫。わかってるよ？　日本でも、偉業を成し遂げた人とか神様になってるし。ちょっとびっくりしただけだ。あの糞女神もちょっとおかしかったけど、言われてみれば人間っぽい強欲さだった。

「そうだったんだ……で、俺はこのジオラマの中で暮らすってこと？」

『そうですね……正しくは、この箱庭《ジオラマ》で作った疑似仮想空間にて生活ができるのです。こちらの魔法陣にお乗りになって、魔力を流してください』

ちなみにツクヨミは、出会った時からずっと俺の魔力を勝手に使っているのだが、【神眼】を発動していると、どういう仕組みか左目に誘導の矢印を立体的に出してくれている。

今回もその矢印に従い、魔法陣の円形サークルの上に乗った。

そして言われるがままに魔力を流すと、魔法陣が光り、不思議な音が鳴り始め、すぐに下へ下へと降りていく感覚がした。

しばらくそうしていると、突如《とつじょ》、眩《まぶ》しい光が足元から放たれる。

「うわぁ！」

『大丈夫ですよ、那由多。ようこそ、我が古き故郷へ』

恐る恐る目を開けると、俺は空中をゆるやかに落下しているところだった。

足元には先ほどのジオラマの風景をそのまま巨大化したかのような美しい風景が広がっている。

「……すごい……ジオラマのままだ……」

『このアンダーザローズは、先ほどのジオラマを動かすことで思い通りの街とお家を作ることができます。やってみてください』

「いやいやいや！　コレはコレで綺麗なんだから良いじゃないか！」

『誰もいないですし、那由多の好きにしてくださっていいのですよ？　那由多の故郷に比べればいささか古い街並みですし、街が機能的になるのも見てみたいですね』

いやいやいやいや！　あの美しい配置を崩すのは流石に俺も気が咎《とが》める。

「この城下町はこのままで！　俺は自分の食い扶持《ぶち》と寝床があれば良いから！　あっちの森？　に小さな家と小さな畑があれば充分だよ」

『そうですか？　那由多の故郷で流行っていたミニマリストってやつですかね？　仕方ありません。

世紀の大工事が見られると思ったのですが……あちらに家を建てますか』
「そうしてちょうだい……」
『では上に戻って家づくりをしていきましょうね』

◇　◆　◇　◆　◇

ジオラマ部屋に戻った俺は、早速家造りをツクヨミに教えてもらい、ストックにあった量産型のこの世界の田舎風平屋と水車を配置した。

そう、横長のそれなりに大きな棚の方に、建物アイテムなんかがズラリと揃っていたのだ。

今回利用した家は量産型のものだったが、ジオラマ造りに指が慣れたら俺好みの家を作っても良いかもしれない。

ちなみに薬棚の方には、アンダーザローズに作用する不思議アイテム――魔道具が揃っていた。

小さな農具とか建築材、煉瓦《れんが》などを接着する粘土《ねんど》とか。変わりもので庭造りアイテムや花の種もあった。

魔道具というのは、文字通り魔法の道具のようなもので、ここにあったもの以外にも、たくさん存在しているらしい。

ともあれ、水車を動かすための川や、自給自足用の畑などを、小さな農具の魔道具で掘り開墾《かいこん》していく。

家具や生活用具などは、城下町の崩れた家を丁寧に取り除き、その中から使えそうなものを選んで、自身が住まう平屋に配置していった。屋根が取れたりするので家具の取り出しと配置が楽だった。

妹が小さい頃、人形用の家を買ってもらい、小さな動物などの人形で遊んでいたのを思い出す。女児がやるものだと思っていたが……自分でやってなかなか面白いじゃないかと感心した。

そういえば、さっき足を踏み入れた城下町だけど、不思議なことに、長年放置されていたにもかかわらず、誰かがつい今さっきまで生活したような空気だった。

ツクヨミ曰く、城郭都市が堕ちたであろう瞬間の時を止めたまま、そこに存在していたんだとか。

どうやら、街の中央にある大聖堂らしき建築物の時計が止まっているのが原因だったそうで、それを直したおかげで、今では外の時間と同じように時間が流れるようになっている。

ツクヨミが言うには、時間の経過などは地球とほぼ一緒らしい。

それから、漫画やなんかの転移ものでよく、トイレや風呂《ふろ》の水回り事情が心配というのを見るので心配していたのだが、ここは魔法の世界。トイレは魔法陣から排せつ物が転移し堆肥《たいひ》に変える仕組みがあった。

生ゴミも同様に堆肥にできるエコなシステムだ。

風呂もシャワーの魔道具があって、浴槽は赤粘土で作って追加した。旅館にあるような信楽焼《しがらきやき》の浴槽《よくそう》みたいで、なかなか満足のいく仕上がりだ。

住居部ができた日は、外の森で採ってきた果物で食事をして、この体にとって初めてであろう風呂を楽しんだ……と言いたいところだったが、かなり垢《あか》がすごかったので、洗うのが大変だった。

そして異世界の家屋で初めての睡眠だが、残念なことにこの世界のベッドはスプリングが利いていないので少し背中が痛い。

後で作りたいなぁと思いながら、スプリングが利いていない硬いベッドで寝た。


翌日、ジオラマを弄りながら、俺はふと零す。

「……米が食べたいなぁ」

だって、ずっと果物だし。俺、日本人だし。

『そこで、テレレテッテレーン！　那由多のスキルゥ【天神地祇】ぃぃぃーーー』

するとすかさずツクヨミの声が響いた。見えないけど、多分ドヤ顔だ。

というか……

「どこへ向かっていってるのツクヨミ……」

『え？　那由多にですよ？』

「いや……そういうのじゃなくてキャラ的に……まぁ良いや。俺のスキルが使えるの？」

『はい！　私頑張って那由多のスキルをこの世界に合うようにしたのです！　まずはお米が欲しいと、神様にお祈りしてください』

お。左目からドヤァの気配がする……

「神様にお祈り？　二礼二拍手一礼するやつ？」

『そうです』

それで良いなら……

二礼して、パンッパンッと手を叩く。

『神様……切実にお米が食べたいです……』

最後に一礼。

すると不思議なことに、俺の体から蛇腹《じゃばら》状の御朱印帳が、スルスルと何個も飛び出してきた。

さらにそれらは、俺の目の前でぐるぐると回り始める。

「俺の御朱印帳！」

ボストンバッグごと失くしたと思っていた御朱印帳が、目の前で光を発しながらくるくる回っている。

しばらくすると、小さな蛍のような発光体が、御朱印帳からたくさん飛び出てきた。

『那由多っ！　両手をお椀《わん》の形にするのです！』

「？」

俺はツクヨミに言われた通り、水を両手で掬《すく》うかのごとく、お椀を形作る。

ポトン……

「!?」

するとどうだろう。

白い小さな発光体は、俺の手に群がり、何かをどんどん落としていった。

「わ……よく見たら小さな狐《きつね》だ……」

御朱印帳から飛び出てきた発光体たちをよく見れば、両こめかみに稲穂《いなほ》を巻いた、金や黒、白に光る小さな狐だった。

……もしや【宇迦之御魂神《うかのみたまのかみ》】の神使の狐か？

【宇迦之御魂神】は、別名【稲荷《いなり》大明神】や【三狐神《さぐじ》】とも呼ばれ、日本で最も信仰の厚い五穀豊《ごこくほう》穣《じょう》の神の一柱だ。よく狐の神様と間違えられるが、稲穂に宿る女性の神なのだとか。

その神の使いたる狐たちが、俺の手にどんどん落としているのは……籾《もみ》だ。

そしてそれが俺の手から溢《あふ》れんばかりになったら気が済んだのか、出てきた朱印に戻り、御朱印帳も俺の中へ消えていった。

「マジか……」

『マジですよ？　さぁ！　水田を作って植えるのです！』

「お、おう……」

俺は一度籾を収納し、魔道具の鍬《くわ》で川から水を引き、水田を作る。そこにパラパラと、神使《しんし》にいただいた籾を蒔《ま》いた。

するとぐんぐん成長して青々とした稲になり、やがて頭が重そうに垂れ始めた。

どうも、ツクヨミの力でジオラマ内部の時間はコントロールしてくれたらしい。

「みのるほどこうべを垂れる稲穂かな……」

『何を言っているのですか？　那由多!!　早く稲を刈り入れてお米を作りましょう!!』

言われるがままに魔道具で収穫すると、見た目通りの大きさではなく、本来の大きさの米が収穫できた。

収穫した米をまとめて干しつつ、混乱しながらツクヨミに聞いてみたのだが、どうやら【天神地祇】というスキルは、俺が今まで御朱印をいただいてきた神社の神様の力を、願掛けにより部分的に借りることができるというものらしい。

勿論、無制限に借りられるというわけでもなく、調子に乗れば神様からそっぽを向かれてしまうという話なので、日々の感謝を忘れずに、そっぽを向かれぬよう気を付けなければならない。

ともあれ、日本人最大の悩みどころである米問題は、こうしてあっさり解決してしまった。

そのあとは、日本人に馴染《なじ》み深い大根やねぎ、大豆などを神使たちに出してもらい、味噌《みそ》や醤油《しょうゆ》を仕込むこともできた。

え？　麹《こうじ》をどうしたかだって？

麹菌は……四国に麹の神様がいるんだけど、御朱印を貰ったことはない。それじゃあどうしたかというと、赤米に麹がつきやすいという情報を以前聞いたので、そっちを神様に出してもらった。

あと、塩は植物しか生き物の気配がない不思議な海から藻塩《もじお》を作った。どうやら魚とか家畜とかはいないけど、木や海草など、土に根付いている生物は存在しているらしい。

それから発酵《はっこう》に時間がかかる味噌や醤油をちまちまと仕込んだり、食生活の基盤を整えることに費やしたり……ついでにツクヨミに魔法の使い方を教わって、色々な魔法を習得したりした。

そんなこんなで、あっという間に半月ほど時間が経った。

◇　◆　◇　◆　◇

「なぁツクヨミ」

『何ですか？　那由多』

その日俺は、この半月、ずっと思っていたことを相談することにした。

「神様たちの神棚《かみだな》を作ろうかと思うんだけど……あ、勿論ツクヨミも祀るよ？」

この世界に来て以来、俺は御朱印帳を通して、いろんな神様に力を借りてきた。

お願いをする前に祈ってはいるが、ちゃんと祀った方が良いと考えたのだ。

「ただ御神体……神様の依代をどうしようかと思ってさ。あの糞女神が言ってたけど、神様たちは信仰で力を増すんだろ？　だったら俺だけだけど……お祀りして毎日感謝を伝えたいなと思ってさ……」

『那由多……なんて良い子なのですか⁉　抱きしめてぷにぷにほっぺたすりすりしたいです！』

いやそれはいらないけどね。

『わかりました。明日地上の森に出て依代探しをしましょう！　目星は付けてありますから！』

あ……早まった気がする。

鼻息の荒いツクヨミに、なぜかいやな予感しかしないんだけど……

まぁ為せば成る。為さねば成らぬ何事も。明日もご安全に、頑張って生きましょう！

幼児×遠足

翌朝、城下街《アンダーザローズ》にある服飾品店や古着屋などに入店し、森で細い枝等が引っかかっても良いように、森歩き用の厚手のしっかりとした服を見繕った。

実は、服探しには結構難儀したんだよね。

城下町に出入りするようになって最初の頃、俺はいつまでも貫頭衣では困るということで、服を探すことにした。

ただ、この世界では子供服は母親が作ったり、被服の専門店にあつらえてもらったりしているらしい。

この体が小さいというのもあり中々いいものが見つからず、無人の街を散策し、なんとか古着屋で自身に合う靴と服を見つけられたのだ。

ただ、勝手に貰うのは気が咎めて、店舗のカウンターにそっと銀貨を一枚置いていた。

この世界の金銭は、印刷技術がそれほど発達していないのか、国家間の信用がないのかわからないが、紙幣ではなく硬貨だけだ。

鉄貨、銅貨、銀貨、金貨、大金貨、プラチナ貨などがあって、一般の平民などは鉄貨、銅貨、銀貨で生活をしているらしい。

鉄貨が1リブラ、大鉄貨が10リブラ、銅貨が100リブラ、大銅貨が1000リブラ、銀貨が1万リブラ、大銀貨が10万リブラ、金貨が100万リブラ、大金貨は1000万リブラ、と、上がっていくようだ。

そうそう、性別はトイレで確認したが、股間《こかん》に随分と退化した見慣れたモノがちゃんと付いていたので、一安心して男の子っぽい服をチョイスした。良かった、元世界と同じ性で……

この異世界特有の性とかだったらどうしようかと思っていたのだが、人間などの性別は元いた世界と同じらしい。構結地球と共通点がある世界だ。

ちなみに、そこで初めて自分の容姿を確認した。

日光にほとんど当たらない、北国の生まれを象徴するかのような透き通った真っ白な肌に、一瞬白髪かと思ったが、プラチナに少し青が入っている毛髪。

金色のオーロラがかった不思議な左目と、南国の海を思わせるような緑と蒼《あお》が混じった右目。

前の俺からしたら、だいぶ色素の薄い子供だ。

顔はガリガリに痩せこけていて、目がギョロギョロしていた。服の下の体もガリガリ。肋骨《ろっこつ》が浮かび上がっている。ちょっと怖い。

この顔で暗がりに半顔だけひょっこり出したり、この子が後ろ向きに体育座りをしている時、声をかけて振り向かれたりしたら……俺は失礼だけど叫ぶ自信がある。ホラーは苦手です。

そこからこの半月で、米を食べたり色々と野菜を収穫したりと、栄養に気を付けて食事をとってきて、当初の枯れ枝のような手足よりだいぶ肉がついた。

ただ、今回森に行くにあたって服屋に来て、改めて鏡を見たけど……まだまだ全然ダメだ。ガリ少年よ。おいちゃんが健康的に太らせたげるからな！　まずは肉だな！

それから道具屋に行き、採取用に小型のナイフや園芸用小型シャベルに籠《かご》、袋などを取る。ツクヨミに相場を聞いて購入し、そのまま【記憶する森】に出るのだった。


『では、依代探しの旅！　張り切って参りましょう！　私《わたくし》、ツクヨミの完全ガイドであなたのお手元に素晴らしい依代を引き寄せてご覧に入れます！　お弁当やお菓子《かし》のご準備は良いですかー‼』

「……はい」

『……はい！　元気がないですね！　さぁもう一度！』

「なぁ……これやらなきゃならないくだりなのか？」

『え？　遠足ってやつですよ！　幼児は遠足をするのでしょう？　那由多も幼児なのですから、元気よくお出かけするのです！　忘れ物がないか確認しましょう！』

どうやらツクヨミは俺の情操教育？　をしたいらしい。

「そういうの、四十年以上前に終わらせたから大丈夫だよ。忘れ物はない。さっさと行って神棚作ろう？」

『せっかく三歳の体を手に入れたのだから、幼児がえりしてはっちゃけちゃえば良いのに……妙齢の女性がデフォルメキモカワおじさんに萌《も》ゆるがごとく、バブみってやつがあって良いのですけど。わかりました。ここは観光ガイドに切り替えましょう――ここより西の鉱山を目指します！　準備は良いですかー！』

「……はーい」

流石にそんなバブみとか狙わないし……キモカワも失礼だなおい。いや……もしかして適当なこと言ってるのか？

そしてガイドごっこはやめないのね……

【神眼】を通して、鉱山への立体的な矢印が出る。

「あの山か……」

山を捕捉した俺は、その山のごく近くまで転移をした。

大きく入口が裂けたような洞窟があり、辺りにも荒々しく切り裂かれたかのような岩がごろごろ転がっている。

『さあ、足元に注意して、この洞窟の中に入っていっきまっすよー！』

「真っ暗だな？　酸素とか大丈夫なのか？」

俺の知識では、初めて入る洞窟とかだと、最初に松明《たいまつ》やカンテラで酸素の有無を確認するが……

この世界はどうなっているのか。

『私の聖域結界《サンクチュアリー》で、大気はどうとでもなります。洞窟内は、光苔《ひかりごけ》とその光を吸収している蓄光石《ちくこうせき》があるのでそれほど暗くはありませんが、心配ならば光魔法の【光よ《ライト》】を発動して、断続的に魔力を充填《じゅうてん》していけば良いですよ』

聖域結界《サンクチュアリー》って、そんな空気とかまでどうにかできるものなのか。

光苔とか蓄光石とか、またファンタジーっぽいものが出てきてワクワクする。

「わかった」

それにしても、ツクヨミが依代に何を選んだのかはわからないが、この洞窟に入ることは絶対らしい。

くっ……暗いの苦手ってわけじゃないんだからねっ！

「光《ライト》よ！」

『さあ！　洞窟探検隊！　張り切っていきますよ！』

いつの間にか洞窟探検隊になってるー！

俺は内心で一人突っ込みつつ、洞窟内に向かって転移を発動した。


『洞窟探検隊っ！　洞窟探検隊っ！』

昔流行ったお笑い芸人のような、テンポの良い掛け声が聞こえる。ツクヨミが楽しんでいるみたいで何よりです。

しばらく洞窟内を転移しながら散策していると、裂けた岩の壁や地面から、無数のアイテムが【神眼】に表示され始めた。

「鉄に……クリスタル……？　大きくて綺麗だ……コレ採取しても良いかな……」

『大丈夫ですよ。クリスタルはいつものように手を触れればそのまま収納できます。あと、壁の奥の方にある鉱石は土魔法で掘り起こせます。こんな感じで……』

俺の右手に魔力が集まって、そのまま鉱石がある場所を触ると、ボロボロと岩が崩れて中から鉱石が出てきた。

早速【神眼】で鑑定する。

「ガーネットの原石……こんなの、店で装飾品になっていたのしか見たことないよ。結晶が立方体なんだな……」

『その手の鉱石類は、貴族の女性等が好む傾向にありますので、なかなか良い値段で売れますよ。魔石や武器に使う鉱石の方が需要も高く、そちらの方が換金が多いので、なかなか出回らないというのもありますが』

「へぇ。とりあえずレア度の高そうなものを掘っていくよ。っていうか、魔石って？」

『魔物や魔獣の体内にある、魔力の塊《かたまり》のようなものです。彼らの力の源にもなっていて、火や風など、魔法と同じだけの属性があります。魔道具の動力になったり、鍛冶の素材になったりします』

説明を聞きながら、高い位置にあるものは、この半月叩き込まれた空魔法の浮遊《レビテーション》で飛んで、どんどん鉱石を掘り出していく。

魔力なら俺にもあるし、俺の体にも魔石はあるのかと気になって聞いてみたら、人体には魔石はないそうだ。その代わり、大気中の魔力を自分の力に換える器官があるとか。

そんな話をしながら当初の目的を見失い、目の先のお宝に目が眩《くら》んだ俺は、片っ端から鉱石を採取して【無限収納】に突っ込んでいた。

「これはミスリルだって……漫画でよくある、武器に使う不思議鉱石だろ？　ダマスカス鋼《こう》とかオリハルコンとかもあるのか？」

『この辺りはもう掘り尽くされて良質のものはありませんが、かつてこの場にもオリハルコンなどがあったようです。オリハルコンは良い装飾品になりましたから……昔は人気アイテムでしたよ」

「ん？　オリハルコンといえば武器じゃないのか？」

『オリハルコンは柔らかい金属で魔法をよく通すので、魔石と合わせて魔法補助や身体強化の装飾品を作ることが多かったです。武器といったらやはり、アダマンタイト、ダマスカス鋼、ヒヒイロカネですかね……』

所変われば品変わるってやつかな？

漫画だとオリハルコンは勇者の武器！　って感じだったけど、この世界では基本装飾品なのか。

この世界の鉱石事情を少し知った俺は、飽きるまで鉱石を掘りまくった。


しばらくそんなことを繰り返して、レア度の高い鉱石を探しつつ先に進む。

そんな中、黄色のレア表示が一瞬【神眼】を掠《かす》めた。

「お？　黄色表示でた！　どこだろう？」

魔法の光を大きくして辺りを見回すと、段差のある低い方の地面から、二本の脚が見えていることに気が付いた。

「え……？　足……？」

ちょっと太めだが、湖畔《こはん》から飛び出る二本の脚でお馴染みのあのスタイルが目の前にあった。

視界の中、その脚の上に浮かぶ黄色の文字が点滅している。

▼エルフ

ポチッと押してみる。

▼エルフ【ハイエルフ】
ハイエルフがエルフに擬態している。商人。肥満体。気絶している。

どうやら転がって穴に嵌まって動けなくなったようだ。

助けますか？

→ はい
いいえ

え。なにこのゲームでありそうなメッセージは。

困惑していると、ツクヨミの声が響いた。

『おや？　珍《めず》しいですね。ハイエルフの商人なんて』

「この世界でも珍しいの？」

『はい。しかも商人なんて。最も想像できない職業です。彼らはほかの種族と関わるのを嫌いますから。しかも棲家《縄張り》から絶対に出てこない一族ですし』

「へぇ。野生動物みたいだな。とりあえず逆さまは辛いだろうし助けますか」

そう言って脚に手をかけたは良いが……身体強化をフルでかけても抜けなかった。

「……嘘だろ……抜けないんだけど……」

『かのお方も言ってらっしゃいました。諦《あきら》めたらそこで試合終了ですよと。この際、鉱石を取り出したみたいに土魔法で掘り出しましょう。そのあとハイエルフに浮遊《レビテーション》を掛ければ、どうにかなるのではないでしょうか』

なんとかかんとか、魔法と身体強化を駆使してハイエルフを引っ張り出し、地面に転がすことができた。

三歳児にこんな激しい肉体労働させるとか……異世界なんて厳しいんだ。俺は疲労困憊《ひろうこんぱい》である。

少しすると、ハイエルフが身じろぎし、呻《うめ》き声を上げた。

お？　起きるのか？

俺はハイエルフの近くに寄って声をかけてみた。

「大丈夫ですか？　痛いところはありませんか？」

痛い所があったら、覚えたけど使ったことのない治癒魔法を試し……ゲフン。かけてみよう。

「う～ん……ハッ！　私は、一体……」

目を覚ましたハイエルフは、俺と目が合った。

そしてそのまま驚いた表情で固まってしまう。

「大丈夫ですか？」

「……きっ」

「き？」

「キャーーーーー!!　アンデッド!!　聖水！　聖なる祈り《ホーリーグレイス》っ！　聖なる矢《ホーリーアロー》!!」

「えっ……！　ちょ……！　まっ……！」

アンデッドと言われ、何かの液体をぶっかけられ、立て続けに光属性の魔法攻撃をされた。

攻撃はツクヨミがすべて聖域結界《サンクチュアリー》で相殺して防いでくれたけど、液体は害がないとみなされ思いっきり被った。

助けたのにこの仕打ち……世の中なんて世知辛いんだ……渡る世間は鬼だらけである。

数分後……大きな体を縮こまらせて、土下座で必死に謝るハイエルフ商人が目の前にいた。

うん。この世界にも土下座があったんだな……

◇　◆　◇　◆　◇

「助けていただいたのに申し訳ありませんでしたっ!!」

「……もう良いので頭を上げてください」

「いえいえいえ！　滅多に人が通らない道なので、あのまま放置されていたらと思うと！　重ねてお礼を申し上げます」

今度は土下座をして謝り倒すハイエルフ商人さんを、立ち上がらせようと奮闘することになってしまった。

あ。あのゲームでありそうなメッセージ。

『はい』を選択してから助けたら【徳ポイント】とかいうのを貰えたよ。

善行を行い徳を積むってやつみたいで、徳ポイントを貯めると何か良いことがあるらしい。

ちょっと楽しみだ。

そういえばこのハイエルフ商人さん、絹《きぬ》を裂くような甲高い声で悲鳴を上げましたが、男の方でした。

脚を遠慮《えんりょ》なく鷲掴《わしづか》みにしていたので、男と知ってホッとひと安心だ。

ともあれ、キリがないので話題を無理やり変える。

「さぁさぁ。日が暮れてしまいますので、ここら辺で終わりにしましょうか。目的地がおありなのでしょう?」

「は！　私《わたくし》としたことが！　恩人様のお時間まで取らせて、誠に申し訳ありませんでした！　何かお礼ができれば良いのですが……私、商人のリンランディアと申します。これから仕入れでして、大したものを持っておらず、お礼は金銭のみとなりますが……」

「いえ。お礼は結構ですよ。私も特に急ぎの用ではありませんし。袖擦《す》り合うも他生《たしょう》の縁と申しますし。私の名前は石原那由多と申します」

「イ……イーシュワラ？　ナユタ様でございますか？」

ああ、どうやら俺の苗字は慣れていないと発音しづらいみたいだ。

「石原……石原が家名で名が那由多と言います。ナユタで構いませんよ」

「申し訳ありません。ではナユタさんと呼ばせていただきます。この度はありがとうございました。もしや伝説の少数魔法民族、小人族《リリパット》の方でしょうか？　なんという底知れぬ魔力量。なんという幸運。助けていただいたのも、末代まで語らなければ気が済みません」

「え〜っと……」

知らないワードが出てきたので、思わずツクヨミに助けを求める。

『小人族《リリパット》って何？』

『そのまま話を合わせてください。小人族《リリパット》というのは、人間の半分ほどの背丈の少数種族です。魔法に長《た》けていて、特に補助魔法に特化しています……先ほどからこの男、訝《いぶか》しんで那由多に鑑定をかけていますが、ハイエルフ程度の鑑定では、【神眼】を持つ那由多の情報を見ることはできません。なので否定もせず、何も語らず、小人族《リリパット》お得意の目眩《めくらま》しの補助魔法をかけている、と勘違いさせる体《てい》でいきましょう』

なるほど、余計なことを言わず、勝手に誤解させておいた方が良さそうだ。

というか、相手に鑑定されるかもしれないことをすっかり失念していた。【神眼】があって良かったよ。

俺はなるべく自然に映るよう、平然と答える。

「お礼はお言葉でたくさん受け取りましたので大丈夫ですよ。さぁリンランディアさん、お立ちになってください。仕入れに行くのでしょう?」

「はい。お気遣いありがとうございます。ナユタさんのご要望でしたら、どんっっっなものでも取り揃えますので、必要なものがございましたら、ここから南下したグロステーレの街のリンランディア商会へぜひお越しください!」

「はい。もし欲しいものがありましたら伺《うかが》います」

やっと終わりそうだ。

ものすごく久々に、人と丁寧に話したような気がする。

言葉がおかしくなってなかったか若干不安になったが、まぁ致し方ない。

リンランディアさんが立ち上がって、ペンデュラムのような青い宝石に金色の模様が入っている大きめのアクセサリー? を腰から取り出した。

『ねぇ……ツクヨミ。アレは何?』

『あれは七曜計《しちようけい》ですね。那由多の故郷の言葉で言うと……日付もわかるデジタル時計的な?』

『へぇ! 良いな。俺も欲しいな』

『これから行く所で作ってもらえますので、七曜計も注文しましょう』

『うん!』

どうやらツクヨミの目的地はこの洞窟ってわけじゃなかったらしい。

どんな所なのかわからないが、『作ってもらえる』ってことは、人がいたりするんだろうか。楽しみになってきた。

そんなことを思っていたら、リンランディアさんが大声を上げる。

「いけない！　二日も気を失っていたなんて!!　ナユタさん、この御恩は忘れません！　コレにて失礼させていただきます。またお会いしましょう！」

「あ……リンランディアさん足元にお気を付けて……！　さようなら……」

リンランディアさんは慌てて洞窟内をかけていった。また穴に嵌まらなきゃ良いんだけどね……

……人はそれをフラグと言い、またしばらく洞窟内でレア素材を掘りながら進むと、先ほどと同じように、地面から足を生やした物体があった。

▼エルフ【ハイエルフ】
名前　リンランディア
年齢　268
拠点　グロステーレの街
職業　商人　リンランディア商会会長

ハイエルフがエルフに擬態している。商人。肥満体。気絶している。

どうやら転がって穴に嵌まって動けなくなったようだ。

助けますか？

↓　はい

　　いいえ

ははっ。まぁ袖擦り合うも他生の縁。助けましょうか。

『ふふっ。とか言いつつ徳ポイントが欲しいだけだったりして』

『それ言っちゃダメなやつ！』

◇　◆　◇　◆　◇

「本っっっっ当にありがとうございました！　立て続けに救っていただき……なんと……なんとお礼をすれば良いのか……‼」

あ。これさっきやったやつだ……

つい数十分前に行われた土下座タイムがまた始まったよ。

「いえいえ。躓《つまず》く石も縁の端と言いますし。お気になさらず……」

「いえいえいえいえいえ！　それじゃあ私の気がすみません……‼　はっ！　もしやナユタ様はこの先の【黒妖精の穴蔵《フマラセッパ》】へ行かれるのですか？」

「えっと……」

また知らないワードが出てきた。

『ツクヨミ、俺たちフマラセッパって所に行くの？』

『びっくりさせたかったけど……仕方ありません。その通りです』

『サプライズしたかったんだな。ありがとな』

ツクヨミは、少しでもこの世界で俺を楽しんでもらおうと、こうして気を遣ってくれるのだ。それが突拍子《とっぴょうし》のないことでも。

お陰で、童心に返って何かに夢中になったり、驚いたり感心したりできた。

そのちょっとしたことで、俺の心は救われている。

……と、それはいい。

「……はい。リンランディアさんも？」

「はい！　私も【黒妖精の穴蔵《フマラセッパ》】で注文していたものが仕上がったとのことで、受け取りに来たのですが、普段仕入れは別の者が担当しているので……このような醜態《しゅうたい》を……」

「はぁ……」

この人……街から今までよく無事だったな……

『腐ってもハイエルフ。魔力《ちから》でゴリ押ししてきたのでしょう。装備も色々と楽しそうな付与や呪い《まじな》がふんだんに盛り込まれていますね』

『呪《まじな》い？』

『ハイエルフは陰湿根暗ですからね。陰険呪《まじな》いを付与するのが十八番《おはこ》なんですよ』

ツクヨミさんが辛辣《しんらつ》です。

サプライズを潰されて立腹《オコ》な感じですかね？

「そうだ！　もしよろしければ、【黒妖精の穴蔵《フマラセッパ》】までご一緒に行きませんか？　私の店で贔屓《ひいき》になっている、穴蔵一番の職人をご紹介させていただきたいと思います！　穴蔵の職人は、紹介がないと注文もままならないですから！」

職人の紹介か。

『……だそうだけど、どうする？』

『うーん。今は紹介がないと難しくなっているのですね……偏屈は相変わらずそうです。昔は気に入った者の注文ならすぐに引き受けてもらえたんですけど。このハイエルフは煩《わずら》わしいですが、仕方ありません。同行しましょう』

『了解』

やっぱりリンランディアさんのことは嫌いみたいだな。

「……そうなのですね。では……ご一緒させていただきます」

ご一緒しなくてもこのエルフは、道々穴に嵌まってるのを何度も助けることになりそうなんだけど……

まぁよく考えたら、「第一異世界人発見！」ってやつだし。縁ができたということで。

「ぜひぜひ！　お任せくださいませ！」

道中、俺は会話の流れでこの世界の最近の情勢について、リンランディアさんから色々と聞くことになった。

「……で、北の帝国がきな臭くなってきたようで、帝国民たちが諸外国へ逃げているみたいです。私たちのいる国が、その逃亡先の筆頭ですね」

「へぇ……治安も悪くなってそうですね……」

「その通りです。やはり国から逃げたとしても、他国に馴染めない者や、金のない者がわんさかと来ます。そのせいか、主要な街道では盗賊が増え、治安が悪くなりました。自警団や衛兵がピリピリと神経を張っていますよ」

だからリンランディアさんは執拗《しつよう》に俺のことを調べようとしたのか……

「周辺諸国にとって、とんだ災難でしたね」

「はい。本当にとんだ災難ですよ……ところでナユタさん」

話の途中、リンランディアさんが怪訝《けげん》そうな目を向けてくる。

「はい？　なんでしょう」

「その魔法は一体……」

「飛行魔法《フロトスラスト》のことですか？　浮遊《レビテーション》に風魔法で推力《すいりょく》を入れてみたんです。やっぱり私とリンランディアさんとでは歩幅が違いますから、ゆっくり歩かせるのもな、と思いまして」

そう、俺は今、空中を飛んで移動していた。

さっきできるかな？　と思ってやってみたらできたんだよね。

そしたらツクヨミが、『魔法創造《マギクラフト》の才覚もあるなんて、流石私の那由多』とか悦《えっ》ってたよ。なんだよ私の那由多って。

「……浮遊《レビテーション》……祖父が……」

そうブツブツ言っていたリンランディアさんが、じっと見つめてくる。

「私は、とある古い血筋のエルフ族なのですが、昔祖父が精霊魔法を指導してくださったことがあるのです。しかし私は精霊との親和性が低く、少し浮くくらいがせいぜいでした。そこに風魔法を入れるなんて……流石小人族《リリパット》のお方。魔法の使い方が秀逸ですね」

『他の誰でもない那由多だからこそですよ』

またツクヨミがドヤってる。

まぁ俺はこの世界の当たり前のことがまだわからないし、現地民より固定観念がないから、自由な発想があるのかもしれない。

はっ。もしや俺一人で飛んでたら悪目立ちしてしまうのか……？

「……良かったら、飛行魔法《フロトスラスト》お教えしましょうか？」

「なんと!!　いやでも……いいえ！　ぜひ！　是が非でも御教授願います！」

「はい」

一人で悪目立ちもアレだし。また、転がって穴に嵌まっても困るしね。

閑話～北の帝国のお話～

「……皇妃《娘》はどうなっているのだ？」

私はランガルト・カルテンボルン＝グラキエグレイペウス。このノートメアシュトラーセ帝国の公爵《こうしゃく》だ。

そして私の娘は四年前に皇家へ嫁《とつ》いでいた。

あの子が第一皇子を――精霊の子を産んで、早三年が経っている。

だがつい先日、側妃が男児を出産したという情報が届いた。これにより、最初に娘が産んだ精霊の子はお役御免となり、秘密裏に処理されることが決定した。

昨晩、あの精霊の子は、物のように無造作に麻袋に入れられて、三名の騎士たちと城を出奔《しゅっぽん》したはずだ。

それと同時に、娘の消息が途絶えた。

精霊の子は、いるだけで悪魔に魅入《みい》られ、身の内に悪魔を住まわせるとして、民間では不吉の象徴だった。

皇家からしてみたら、とても強い魔力を持った子が生まれること自体は慶事《けいじ》ではあるが、それが精霊の子となると話は変わってくる。

このまま他の皇子が生まれなければ、異界から魂を呼び寄せる【魂魄召喚《こんぱくしょうかん》の秘儀】をする予定すらあったほどだ。

この秘儀は、手練れの魔法士千人と数万個の良質な魔石が必要で、年間の国家予算を大きく上回る莫大《ばくだい》な金がかかる。しかも召喚された魂は、良質か粗悪かはわからない。

過去に、異界からの魂を呼び寄せた国は、召喚された者によって国が焦土《しょうど》と化した。

それが悪魔の仕業ということになって、民間人に広がったのだ。

そんな博打《ばくち》をするより、別に子を産ませた方が早い。そう考えた者は少なくなかった。

皇帝はまだ若く、精力も旺盛《おうせい》だ。見てくれだけは良く、婦女子にはよく持て囃《はや》されていた。

しかし家臣から見れば、今回第二皇子を生んだ側姫の父であるヴァニタイン公爵に操られた、愚《ぐ》鈍《どん》な皇帝だった。

皇太子時代は優秀と評判だった彼を支えるべく、我が公爵家から聡明《そうめい》な娘を嫁がせたつもりだった。愛すべき娘は精霊の子を産んだことで心の病に侵されてしまい、ついには心のよりどころであった子供まで奪われてしまった。

側妃の血筋――ヴァニタイン公爵家は、後ろ暗い噂《うわさ》が絶えない。

精霊の子が城からいなくなり、立場がなくなった我が娘がどんな目に遭わされるかわかったものではなかった。

娘の消息を掴み、我が公爵家へ下がらせ、代官に領地を任せ爵位を返上し、家臣を連れてこの国を出よう。

元々我が公爵家の血縁は少ない。

強い魔力を秘めた血統が仇《あだ》となり、子が生まれにくく、妻も娘を産んで一月たらずで死去した。

守ろうと思っていた、ただ一人の近しい血縁は心に病を抱え、皇家にとって邪魔だと判断されかねない。

父として、娘だけは守らなければ。

まずはすぐに登城せねばならぬ。

第二章　鍛冶師の街と幼児

幼児×鍛冶の街

「なんとか形になりましたね」

「いや、お恥ずかしい。しかしこの飛行魔法《フロトスラスト》は素晴らしいですね。この体になってから思うように動けず……いつまでも若いと思ってはいけないですな！　ハハハハ！」

【黒妖精の穴蔵《フマラセッパ》】へ向かう途中、リンランディアさんに飛行魔法《フロトスラスト》をなんとか教え、道を飛行しながら俺たちは進んでいた。

『ハイエルフで三百歳にもなっていないなど、尻に殻《から》が引っ付いたひよこじゃありませんか』

『……そうなんだ……俺からしたら充分お年寄りなんだけど』

やっぱりその辺の感覚は、神様だったツクヨミとは違うよな。

「いや……リンランディアさんは充分お若いと思いますよ……」

俺はリンランディアさんにそう言う。

道すがらリンランディアさんが、自身のことや世間話をしてくれた。

どうやら彼は、精霊との親和性が低いのが原因で、故郷ではみ出し者だったらしい。それで五十年ほど前に郷を飛び出して、人間の住まう街で冒険者として生活し始めたんだとか。

郷から出たことがなく、世間知らずだったリンランディアさんは、たくさんの他人に騙《だま》されながらも金を貯め商人になったそうな。

郷ではエルフらしく禁欲的に生活していたそうだが、人の住む街で色々デビューし……もといはっちゃけた結果、この体型と共に、人間の奥さんもゲットしたらしい。

体型が変わると、煩わしかった他人からのアプローチもなくなったそうだ。痩せれば美形だろうし納得である。ともあれ、それで奥さんからも喜ばれ、快適に過ごせるようになったみたいだ。

改めてリンランディアさんを見る。

ふくよかボディに、薬や薬草なんかを入れているらしきポケットがたくさんついた、分厚い生地の旅装に、リュックのような背負袋。

多分尖《とが》っているであろう耳も、フードに押し込んで完全に見えなくしている。顔は、痩せていたら美人だろうなと面影が残る翡翠《ひすい》色の瞳。薄い金色《プラチナブロンド》の髪。

リンランディアさんが郷から出た理由もそうだけど、人は自分と違う者や劣る者を排除する傾向があるのは、この世界も一緒なんだな。

日本にいた頃からそういったことが嫌いだったのでモヤモヤしつつ、一方で、妙な安心感があった。

ああ……生きている人がいる。人間らしい営みがある。

ただそれだけだけど、今まで自分一人だったし、誰もいない街で半月生活していた俺は、人が恋しかったのかもしれない。

良い奴らばっかりじゃない。愚かで打算的で救いようのないとんでもない奴らもいるけど、元の世界と変わらなそうな人類が近くにいる。

世界は俺一人じゃない。

そのことに安心した。

リンランディアさんも人たる者だけど、ハイエルフということもあって、自分と同じではないという線引きを無意識にしていたようだ。

きっとツクヨミは、俺の心の機微《きび》を察して、多分人たる者がいるであろう【黒妖精の穴蔵《フマラセッパ》】へ行こうとしてくれていたんだと思う。

依代なんてぶっちゃけ、祈る心さえあればそこら辺の石でも良いのだから。

ちなみにここまでの道でリンランディアさんがバラしてしまったが、【黒妖精の穴蔵《フマラセッパ》】はたくさんのドワーフなどの冶金《やきん》、鍛冶、装飾職人さんが住まう街らしい。

しっかり金さえ払えばどんな種族であろうと受け入れてくれるみたいだ。

ツクヨミは、人間が統治する街と違って、ドワーフの職人の街であれば、俺みたいな小さな人間など詮索《せんさく》もされないし、金さえ払えば受け入れられる街だからそこを選んだに違いない。

驚きは半減してしまったけど、俺のことを思ってくれるのがやっぱり嬉《うれ》しかった。

あと、リンランディアさんに飛行魔法《フロトスラスト》を教えたら、誓約《せいやく》魔法を使って他言無用にすると誓ってくれた。

魔法を開発したら権利などが発生するらしく、魔法ギルドに登録するより先に第三者に教えることは稀有《けう》なんだとか。「お人好しが過ぎます」とまで言われた。

そして一緒に【黒妖精の穴蔵《フマラセッパ》】の魔法ギルドで登録しようという話になった。

誓約書の話も自ら言い出したし、良い人だな。


そうこうするうちに、迷路のような洞窟を抜け、切り裂かれた大きな岩にかかる大きな門が見え始めた。

「あそこが【黒妖精の穴蔵《フマラセッパ》】です。ナユタさんは初めてとのことですので、ご案内は私にお任せください」

「はい。よろしくお願いいたします」

『私が案内したかったのに……』

ツクヨミはまだ不貞腐《ふてくさ》れてら。あとで機嫌が直ると良いけどな。

こうして俺たちは、鍛冶の街【黒妖精の穴蔵《フマラセッパ》】へ辿り着いた。

◇◆◇◆◇

【黒妖精の穴蔵《フマラセッパ》】まで辿り着いた俺たちは、賑《にぎ》わう正門に、自分たちの順番が来るまで並んでいた。

「よう！　ランディ！　久しぶりだな！　イーヴァルの親爺《オヤジ》んとこか？」

しばらく待って門の前まで進むと、リンランディアさんの知り合いなのか、門番の一人の厳ついドワーフらしき人が気安げに話しかけてくる。

「これはこれは！　ヴィルさん。お久しぶりです。イーヴァルさんの彫金細工は【黒妖精の穴蔵《フマラセッパ》】随一ですからね。今回もどのような美しい細工に仕上がっているのか楽しみですよ」

「そいつぁよかったな！　っと一人分？　通行税が多いぜ？　その痩せっぽっちのチビのぶんか？　奴隷《どれい》でも仕入れたのか？」

ヴィルさん？　は、そう言ってこっちを見てくる。

「いえいえいえいえ!!　こちらは私の命の恩人のナユタさんです!!　決して奴隷ではありません!!　あ！　ナユタさん、こちら、門兵のヴィルヴィルさんです。ヴィルヴィルさん、こちら二度も穴に嵌まった私を救ってくださったナユタ・イーシュワラさんです」

「こんにちは、ナユタと申します」

苗字がやっぱり言えないみたいだけど、突っ込まないでおく。

俺が挨拶すると、ヴィルヴィルさんは笑顔で挨拶してくる。

「そいつぁ悪かった！　奴隷にしては良いもん着せてんな！　って思ってたわ！　坊主、悪かったな！　ランディも昔はこうシュッとしたスカした優男で、動きも俊敏《しゅんびん》だったけどよ！　今はこの体型《ナリ》だろ？　最近はこっちへ仕入れさえ来なくなって、久々にこっちに来たら穴に嵌まるとか、本当坊主に世話かけちまったな！　昔馴染みとして俺も礼を言っておくぜ！　ランディ！　坊主にいっぱい肉食わせてやんな！　じゃあな！　穴蔵楽しんでけよ!!　ガハハハハ！」

ヴィルヴィルさんは、両手を使って「今はこの体型《ナリ》」を大きくリアクションしたり、何かと動きがオーバーだ。何より声がとても大きい。なかなか賑やかな人だ。

「ナユタさん、申し訳ありません。ヴィルヴィルは私がまだ、駆け出しだった頃からの昔馴染みで、ドワーフにしては気の良い奴なのですが……」

「いえいえ。気にしていませんよ。随分賑やかな人だなとは思いましたけど」

「はは、それはこの門の先に行くと理由がわかりますよ」

ヴィルヴィルさんに見送られた俺たちは、道行く人々に振り返られながら飛行魔法《フロトスラスト》でふわふわ移動して、大きな門の端に作られた入国用の小さな門を潜り抜けた。

門を潜るとそこは、多種多様な人々と、もくもくと上がった蒸気、そして金物《かなもの》をハンマーで叩くような音がそこかしこに溢れる街だった。

門の外は人々のざわめきしか聞こえなかったのに、今はとにかくいろんな音が聞こえてくる。

渓谷《けいこく》の底から街が生えている。石の建物から金属煙突やなんかが飛び出して……スチームパンク……いや、クロックパンクも混じった世界だ……

美しい石作りの建物で街が形成されている。

街の中央と思わしき一番高い塔からは、赤々と炎が巻き上がっていた。

『遥《はる》か昔、天空の城郭都市《ザ・シークレットガーデン》の雛形《ひながた》、魔法の船《スキードブラドニル》を作ったとされる一族が作った街です。あの燃える塔は、この街の一番の要で、「焔《ほのお》の尖塔《せんとう》」、「ドラゴンの息吹《いぶき》」と呼ばれるものです。あの炎がこの街を巡り、職人たちを支えているのですよ……チッ……』

『なんか舌打ちと、ちょっと聞き捨てならない言葉が聞こえたけど……今は……街がすごい……すごすぎて言葉が見つからないよ』

俺が呆然としていると、リンランディアさんが口を開く。

「ナユタさん、この街は『古き神の時代』に、一つの大きな岩をくり抜かれて作られたという伝承があります。あの塔を中心に街が形成されていて、鍛冶が盛んなこともあって、街中金槌《かなづち》を振るう音で溢れているんですすよ。そのせいで、身振り手振りを大きくするか声が大きくないと会話ができないので、この街の住人たちは、声も動作も大きいのです」

なるほど、ヴィルヴィルさんが賑やかだったのは理由があったというわけか。

「国民的に賑やかなんですね」

「はい、街からして賑やかですから」

そう言って笑うリンランディアさん。

そういえば、リンランディアさんに通行税を払ってもらっていたのを思い出した。

「リンランディアさん、先ほどの通行税？　を、私の分まで払っていただいたようで……代金をお返しします」

「いえいえ！　助けていただいたお礼としてお受け取りください」

「……わかりました。遠慮なくお言葉に甘えさせていただきます」

あまり遠慮するのも悪いので、ありがたくお言葉に甘えさせてもらう。

「私の取引相手イーヴァルさんの工房へ行きたいと思いますが、ナユタさんはいかがでしょうか？」

「特に急いではいないし、かまいませんよ」

俺は、当初から急いでいたみたいだったリンランディアさんの仕事の用事を優先し、ついていくことにした。

道行く人たちをチラチラ見ると、尻尾の生えたもふもふな人、トカゲのような人、大きい人、小さい人……色々な人が溢れ返っている。

人種の坩堝《るつぼ》とはこのことだな。

まるで、映画のセットに入り込んだような不思議な感覚がする。

これから俺が住む、不思議な世界だ。

お上りさんのようにキョロキョロ辺りを見回し、リンランディアさんの後にくっついて回る。

しばらく歩いて、街の中心部にほど近い所に来たところで立ち止まった。

目的地に辿り着いたようだ。

石造の建物の看板には、【イーヴァルの工房】と書いてあった。アンダーザローズにもお店の看板はあったけれど、なんとなく文字が違う気がする。

言語翻訳はもしかして字体《フォント》の違いで他国語を表現しているのかな？　うん。そこは要観察だ。

「あっそうそう、ナユタさんこちらをおつけください」

「はい？　ありがとうございます」

リンランディアさんが、イヤーマフのようなものを俺に差し出した。

『なにこれ？　ツクヨミ、わかる？』

『鼓膜《こまく》を守るための耳栓《みみせん》みたいなものです。私の結界でなんとかなりますが、とりあえずつけといた方が良いですね』

『わかった』

素直にイヤーマフをし、リンランディアさんの後ろについていく。

「イーヴァルさん！　遅くなってしまい申し訳ありません!!」

リンランディアさんが、ノッカーをガゴンガゴンと鳴らして店に入りながら、全力で大声を出している。

しばらくすると、奥からガタガタズカズカ音がした。

「おうっ!!　ランディ！　久々だな!!　門兵からさっき連絡貰ってるから心配いらねぇよ！　お前、穴に嵌まってガリガリの坊主に救われたそうじゃないか！　とりあえずこっちに来な！」

俺に比べ、圧倒的に縦も横もとても大きい老成したドワーフが、リンランディアさんをバシバシ叩きながら歓迎していた。

そしてすぐに、彼の横で浮いている俺に気付く。

「おう！　お前が噂の坊主だな！　ちっさいな！　お前もこっちへ来い！　友ランディを救ってくれたお礼に菓子をやろう！」

「はい、ありがとうございます。お邪魔します……」

あれ？　俺イヤー《耳栓》マフしてるのに普通に大きな声の会話が聞こえる。結界の中にも入っているのに……コレ外したら本当に鼓膜がやばそうだな……

俺はリンランディアさんの後ろにひよこのようについていき、奥にある工房のさらに奥へと案内された。

◇◆◇◆◇

イーヴァルさんの工房奥にある休憩所に案内された俺は、軽く自己紹介してから、リンランディアさんと出会った経緯など話しながら、お茶と共におやつをいただいた。

そうそう、椅子は子供用を用意してくれたよ。一番目の息子さんが使っていたらしい。

出されたおやつは、キャラメル色の粘度《ねんど》のあるクリームがかかった、とても大きな茶色いケーキだった。

ここへ来て、この世界特有の食べ物を食べられるとは思わなかったので嬉しい誤算である。

「うちのかみさん《カカア》が作った菓子だ！　坊主！　遠慮せずたらふく食ってけ！　グハハハ！」

「ありがとうございます」

「イーヴ……私には……」

「お前は茶で我慢しとけ！」

「そんなぁ……」

フードを取ったリンランディアさんの耳は、想像通り長くてとんがっていた。

ケーキが出ないと知って、悲しそうに眉尻と耳がへにょんと垂れる姿を見て、思わず実家の犬を思い出してしまう。

「リンランディアさん……良かったらこのお菓子、半分こしませんか？　私はこんなには食べられないと思うので……」

「ナユタさん……!!」

感激した目でこちらを見るリンランディアさんだが、イーヴァルさんが睨《にら》みつける。

「坊主！　コイツ《ランディ》を甘やかすんじゃねぇ！　お前《ランディ》もこんなガリガリの坊主から菓子を奪って情けなくないのか！　坊主！　余ったら持って帰って良いからな！」

「ナユタさん……お気持ちだけ受け取っておきます。ありがとうございます……」

リンランディアさん……そんな潤《うる》んだ瞳で俺とケーキを見ないでください。

とりあえずどんなケーキなのか鑑定してみよう。鑑定とかってレシピとかもわかるのかな？　わかったら面白いだろうな……

▼モージル特製糖蜜ケーキ【極甘】
モージル特製スパイスの焼き菓子に、糖蜜をたっぷり染み込ませ、上から糖蜜ヌガーをたっぷりかけたドワーフ族伝統のと～っても甘い焼き菓子。お好みのお茶と一緒にどうぞ！
↓　レシピ
原材料

あれ、レシピとか原材料とか、タップできそうな項目が増えてるんだが……

これってこういうものなのか？

『いえ、先ほど、那由多がわかるのかな？　って思ったから項目が増えたのだと思いますよ？』

『え？　そんな簡単に変わったりするの？』

『ナユタのスキルですから』

『……うん』

今更ながら、俺はすごい能力を手に入れてしまったのではないだろうか？　……うん……えっと……お茶は……

▼薬草茶

疲れが取れ体力が回復する苦いお茶。甘～いお菓子と一緒にどうぞ！

↓　レシピ

原材料

これはリンランディアさんのためのものだな。甘いお菓子と一緒にって書いてあるけど。

元の世界の映画や漫画では、エルフとドワーフは仲が悪いとかいうのがあったけど、この世界ではそういうことはなさそうだ。

『なんだかんだ言って仲良いね、これが普通なの？』

『ドワーフ族もエルフ族も、元は同じ妖精族ですからね。妖精族同士は仲が良いんですよ』

『へぇ』

なんてツクヨミと脳内で会話していると、イーヴァルさんが立ち上がる。

「ちょっくら品物持ってくっから待っててくれ！　坊主も遠慮すんじゃねぇぞ！」

「はい……いただきます……」

お言葉に甘えていざ！　実食！

一口大に切り分けたケーキをパクリと頬張《ほおば》れば、優しい糖蜜の甘さとジャリッと結晶化した糖分が、暴力的なまでに口の中に広がった。

お茶っ……お茶っ……！

甘すぎて歯が浮くとはこのことか……

昔、長崎銘菓《めいか》のカスドースを食べた時と同じ現象が口の中を襲った。

苦く淹《い》れられた薬草茶がいい感じで、強烈な甘さを吹き飛ばしてくれる。

コレが一種の良い取り合わせ《ボン・マリアージュ》ってやつか。

リンランディアさんも、お茶を飲みながら変顔をしていた。

苦いんだな……

ケーキを大きめに切り分け、そっとリンランディアさんの口元に持っていく。

察したリンランディアさんは、嬉しそうにお菓子を頬張り感謝を示してくれた。

せっせと交互に自分とリンランディアさんにケーキを取り分けたり、お茶を飲んだりしながらしばらくまったりしていると、ドタドタとイーヴァルさんの足音が聞こえてきた。

勢いよくドアを開けて、イーヴァルさんが入ってくる……ドア、壊れないのかな。

「待たせたな！　って坊主！　おめぇランディの奴に菓子くれてやったな！　茶が減ってるのにランディの顔が笑ってやがるぜ！」

「……え……えへへ？　ケーキとお茶が合わさると、とっても美味しかったのでリンランディアさんにも味わってほしいなって思いまして……」

ちょっと体の年相応に可愛こぶってみた。

……が、今の俺は、多少肉が付いたとはいえ、アンデッドと間違えられるほどの痩せっぷりだ。変な威圧感とか出てなければ良いな。

「まったく……痩せた坊主から菓子恵んでもらうとか、しょうもねぇエルフ族だな！　呆《あき》れてものが言えねぇぜ！　そら！　頼まれたもんだ！　見てくんな！　坊主はしっかり食っとくんだな！」

「ナユタさんは、このご時世では珍しい、優しさに満ち溢れた稀有《けう》なお方です！　では、お品物を拝見しますね」

イーヴァルさんが持ってきたトレーは六枚あった。

柔らかそうなベルベット生地のクッションが敷いてあって、その上に数個の立体的な彫金《ちょうきん》細工が、優雅に鎮座《ちんざ》していた。

リンランディアさんはそれを見ながら笑みを浮かべる。

「ああ……どの作品も素晴らしい……この百合と真珠の組み合わせの髪留めも素晴らしい出来です。結婚式にも重宝しそうですね。花言葉や宝石言葉は女性が好むものですから、すぐに売り切れてしまいますよ」

「そいつぁよかった！　そんときゃまた仕入れに来てくんな！　グハハハ！」

「ではこちらが今回のお代になります。お確かめください」

リンランディアさんは、俺が持っているのと少し違う金貨を何枚か取り出し、イーヴァルさんに手渡す。

それで取引は終わったようで、俺に話が振られた。

「そういえば、ナユタさんはどのような御用があってこの街に？」

リンランディアさんとはここまで来るのに色々と話したが、そのあたりは何も教えてなかったっけ。

「えっと……まず一つ目が依代……えっと、大きくなくて良いのですが、剣と鏡と勾玉《まがたま》をお願いしたくて。二つ目が、リンランディアさんが持っている七曜計みたいなものが欲しいのと、あと三つ目に、小さな家具を作ってほしくて……こんな感じ大きさの家具なのですが……」

神様の依代といえば三種の神器でしょう！　ということで剣と鏡と勾玉を考えていた。

それと、七曜計も買えたらラッキーくらいのつもりで言っておく。

あと、ドワーフ製の家具って良いよねってさっき思い付いたから、お願いしてみることにした。

収納スキルの中にアンダーザローズの壊れた家具や家を収納していたので、それも出してみる。

「小さな家具ぅ？　坊主はままごとでも始めんのか？」

何の気なしに家具を手に取ったイーヴァルさんは、最初は興味なさげだったが……よく見るにつれちょっとした驚きから驚愕《きょうがく》へ、面白いほど顔が変わっていった。

「イーヴ……どうしたんです？」

「オイ！　小僧！　こんなもん、どっから持ってきたんだ⁉　こりゃ俺一人だけの手に負えねぇ案件だ！　親父《オヤジ》たち連れてこなきゃなんねぇ‼」

イーヴァルさんは興奮しながら、そのままドタバタと小さな家具を握りしめてどこかに行ってしまった。

もしかして、あの家具って魔道具的にすごいものだったのか？

「イーヴ……ナユタさんの小さな家具……握りしめていっちゃいましたね。あんなに興奮するイーヴ初めて見ました……」

「壊れているものですし構わないのですが……とりあえず今日中に戻ってきてくれますかね……」

「……どうでしょうね。帰ってこなかったら……勝手にこの工房の休息室を使わせてもらいましょう」

転移ができるので日帰りだと思っていたけど、何やらお泊まりが発生しそうです。

家主に置いていかれ、途方に暮れた俺たちは仲良くケーキを分け合いお茶をいただいた。

このケーキ、ラーメン丼《どんぶり》くらいあったんだけど、大半をリンランディアさんが食べてくれました。

ご馳走様《ちそうさま》でした。

◇　◆　◇　◆　◇

三十分ほどイーヴァルさんを待っていたが、なかなか帰ってこない。

仕方ないので書き置きでもして、先に魔法ギルドに行こうということになった。

「魔法ギルドで登録が終わったら、そのまま生活雑貨屋に行って七曜計を買いましょうか」

リンランディアさんはそう言って、ソファから立ち上がる。

七曜計は生活に密着しているので日用品扱いみたいだ。

ついでだから、この街の日用品も見て回りたい。どんな品物が売っているのか楽しみだ。


「ここが魔法ギルドになります」

魔法ギルドの外観は、他の建物と変わらず石造りだった。

リンランディアさんに魔法ギルドの案内をしてもらいながら、受付カウンターへ行く。

「こんにちは、ギルドの登録と魔法登録をお願いします。登録者はこちらの方です」

リンランディアさんに促されて、俺は挨拶する。

「こんにちは、登録よろしくお願いします」

「こんにちは、まずはギルド登録の方を先にさせていただきますので、こちらの大きい方の石板に利き手を乗せてください。ギルド登録料は１０万リブラとなります」

ギルド職員の男性はふわふわ浮く俺に驚いた様子を見せながら、慣れた手つきで大きい石板と小さな銅色のカードを俺の前に置いた。

「ギルド登録は初めてなのですが、この石板は何ですか？」

「この石板は犯罪歴と、名前や種族等を調べるものになります。読み取りましたら、こちらの小さい方のカードに結果が浮き上がります」

「なるほど、ありがとうございます」

いわゆるステータスを読み取るものらしいけど……

『ツクヨミ。これ大丈夫？　俺の種族、半神とかなってなかった？』

『阻害スキルが働いていますから大丈夫ですよ』

ツクヨミの言葉を信じ、そっと右手を石板に置く。

鈍く光ったと思ったら石板にピシリと亀裂が入り――割れた。

「割れました……け……ど……？」

どういう状況なのかわからず、顔を上げてギルド職員を見ると、ポカンと口を開けていた。

リンランディアさんを見ると、ギルド職員と同じくポカンと口を開けていた。

「？？？　どうかしましたか？」

「……しょっ！　しょしょしょ！　少～々お待ちくださいませ～！」

そう職員が裏声で叫びながら、ギルドの奥の部屋に消えていった。

何があったのかよくわからず、ついでだから登録料を出そうと思い、大銀貨を一枚、割れた石板の横にコトリと置いた。確かこれで１０万リブラになるんだよな。

「ファーーーーーーーー!!」

「わっ！」

すると突然リンランディアさんが奇声を上げ、俺の出した大銀貨に飛び付いた。

びっくりした俺は、リンランディアさんの奇行を呆然と見るしかできない。

彼はためつすがめつつ、単眼鏡のようなものをどっからか引っ張り出して、大銀貨を色々な角度で見ていた。

「この形、刻印、デザイン、鑑定結果も間違いない……!!　これはっ！　幻《まぼろし》の空飛ぶ城郭都市《オムニア・ヴァーニタース》の大銀貨に相違ありませんっ!!　ナユタさん!!　これをどこで手に入れたのですか!?」

「えっと……」

やばい、どう答えたもんか。

『異世界のお金と、この世界のお金を元神様に等価交換してもらったとか言えないし……というかツクヨミ、オムニア？　とか言ってたのって何のこと？』

『チッ……その名前、嫌なんですけどね』

『え？』

ツクヨミの舌打ちに内心で首を傾げている間も、リンランディアさんの興奮は収まらない。

「この貨幣は！　今や！　世界中のコレクターの間で！　大変な値が付いている！　お宝ですよ!?　ギルド登録で使うなんて愚の骨頂ですっっっっ!!」

「あ……でも……俺、これしかお金を持っていませんし」

なんだか思ってたよりも大きな話になりそうなんだけど⁉

『ちょっとツクヨミこれどゆこと？？』

『ぐぅ。このエルフ……那由多。私が動かせる金銭は地下都市《アンダーザローズ》のお金だけなんです……勿論、私の私物……うん。多分、国民もう誰もいないし。私の私物だと思うし……大丈夫です』

何が大丈夫なんだ⁉　何が！

今まさにリンランディアさんがヒートアップしていますけど？？

『このエルフ、小さいことでごちゃごちゃ煩いんですよ。金銭など使えれば良いじゃないですか。しかも価値が高くなるなら、なお良いじゃないですか』

『なお良いって……騒ぎになってますけど⁉』

ギルドのあちこちから、こちらを好奇な目で見る視線がビシビシと俺たちに刺さる。

しかしリンランディアさんはその空気を気にせず、さらにヒートアップしていた。

「わかりました！　ギルド登録と魔法登録料は私が立て替えます！　これを私に……いえ！　断腸の思いですが商業ギルドからオークションに出しましょう‼」

それってかなり手間がかかるんじゃ。

「いやでもリンランディアさんにご迷惑が――」

「ご迷惑だなんて！　この大銀貨をこのまま出すのが口惜しい！　私の責任でオークションに出品させていただきますから！」

「でもリンランディアさん、商会に……というか家に早く帰った方がよろしいのではないですか？」

「家内《ハニー》もこれを知ったら同じことをしたと思います！　大丈夫です！　このリンランディアに、恩人へ大きい商いをさせてください‼」

「は……はぁ……そうなんですか……じゃあ、よろしくお願いします……」

「このリンランディアにお任せください！」

なんか依代探しに来ただけなのに、オークションとかどえらいことになってるぞ……

そんなことを言い合っていたら、奥からギルド職員が金属製の板を持ってきたので、それに手を置く。

今度は先ほどのように割れず、上手くカードの方に情報が行ったようだ。

当たり前だが生まれて三年、犯罪歴なんかなかったよ。

さっきは銅色のカードだったけど、今度は金のカードに変えてくれた。

リンランディアさん曰く、石板を壊すほどの能力だから問答無用で階級が上がったようだ。なるほどわからん。

魔法ギルドカード【金】
ナユタ・イーシュワラ
魔法登録　1

魔法ギルドカード！　ゲットだぜ！

あとは書類など細かく目を通し、わからないものはリンランディアさんや職員さんに聞き、魔法登録まで一気に終わらせた。

感覚派の俺は、書類に残すための魔法理論とかわからなくて、リンランディアさんにすべて任せてしまった……あ、勿論登録料も立て替えてもらいました。

ギルドで口座を開設し、今後この魔法を使う人が現れたら、この口座に使用料が入るみたいだ。

第一使用者はリンランディアさん。リンランディアさん、漢《オトコ》を見せて貰っています！

さぁ！　お次は生活雑貨屋で買い物だー！

幼児×商業ギルド

リンランディアさんに、生活雑貨屋へ連れていってもらうはずだったんだけど……なぜか商業ギルドの奥の部屋にいます。

ココは貴族かなんかのお部屋ですかね……

俺とは一切無縁の……えーっと……あれだ。ロココ調っぽい重厚なデザインの家具たちに囲まれてます。流石職人の街……美術品のようなソファーセットにお絨毯《じゅうたん》……

なぜこんなところにいるかというと、時を少し遡《さかのぼ》り、商業ギルドに行く前のこと。

俺はリンランディアさんと話していた。

「……ということで、七曜計は私にお任せください。ある程度でしたらご入用のものも用立てますから」

「いえ！　リンランディアさんにそこまでしていただくのも悪いので。それにまだ貨幣は持ち合わせておりますので」

「は？　あの大銀貨だけでなくということですか？」

「？　はい。結構持っているんですよ、こう見えても」

と、証明するように、各種金銀銅と貨幣を見せたら、リンランディアさんがここに――商業ギルドに俺を連れてきたのだ。

高級な気配に、内心ガクブルしながら案内されたソファーの前に行く。

やばい……やばいぞ……

俺はこの街に来る途中、鉱石を掘りまくって綺麗とは言えない格好をしている。

リンランディアさんの場合、さらに最悪だ。二回も穴にズッポリ嵌まっていたし。

綺麗に……綺麗になれ……！　何でも良いから洋服の繊維《せんい》の奥どころか毛穴の奥まで綺麗に‼

じゃないとこのソファーに座れない！　ダメだったら空気椅子か⁉　お願いだ‼　そんな魔法があるなら発動してくれ！

すると、俺とリンランディアさんの体がピカリと光った。

「はっ⁉　浄化の魔法？　もしかしてナユタさんが？」

「えっと多分……そうです」

「ありがとうございます。まさか、貴族や上級商人用の個室に通されるとは、私も思いませんでしたから助かります」

なんと、豪華だとは思っていたがそんな部屋だったのか。日本だと百貨店のセレブ向け商談ルームみたいなものかな？　お世話になったことないから知らんけど。

適度にリラックスできるソファーに埋もれながら、これまた高級そうな茶器に入った香り高いお茶を飲んで待つことしばし。

「リンランディア様、ナユタ様、お待たせいたしました」

軽いノックに了承を入れると、ここまで案内してくれた女性と、さっきは見なかった老齢の男性が訪れた。

「私《ワタクシ》、【黒妖精の穴蔵《フマラセッパ》】の商業ギルド、組合長《ギルドマスター》を務めさせていただいている、マイグリンと申します。この度は、当ギルドから王都のオークションへ出品されたいということでありがとうございます。幻の空飛ぶ城郭都市《オムニア・ウァーニタース》の硬貨をご提供くださるとか……めったにない機会ですので、拝見したいと思い、この老骨、喜び勇んでまいりました」

「これはこれは……まさかギルドマスターが来てくださるとは……」

「生きている内に見られるかどうかという幻の貨幣ですから。お恥ずかしながら、若い者を押しのけて参上した次第です」

そう言ってギルドマスターが、テーブルの上にビロードを敷く。

俺はそこに、硬貨を一枚ずつ並べていく。

大金貨、金貨、大銀貨、銀貨、大銅貨、銅貨がそれぞれ一枚ずつだ。

白い手袋をはめたギルドマスターが、どこからか単眼鏡のようなものを出し、ゆっくりと鑑定していく。

俺的には鑑定魔法で良いんじゃない？　って思うけど、商人は自分の目も養うために、実際に実物をじ～っくり見たいんだって。

うーん。なるほど……でも鼻息荒いけど大丈夫かな？

ちなみに、硬貨がオークションに出されるなら、使えるお金がすぐには手に入らないんじゃないかと思って、これまで俺が採取してきたものが売れるか、さっき聞いておいた。

魔物……ここでは魔獣と言っていたけど……は、冒険者ギルドでの買い取りの方が高いらしい。

それでも良ければと言われたけど、冒険者ギルドに三歳のチビが行くのも、場合によっては登録しないといけない可能性も考えると面倒だし、商業ギルドでの買い取りをお願いした。商業ギルドに登録しておけば、どの街でも買い取りしてくれるらしいし。

魔法ギルドと同様、登録料が必要らしいんだけど、オークションに出す硬貨から引いてもらうことにした。

ついでに、魔法ギルドのカードから情報を写しとって、銅板のカードを作ってもらった。

でも冒険者にも憧れるから、もう少し歳をとったら挑みたい。夢が膨らむなぁ。

なんてことを考えていたら、ギルドマスターの鑑定が終わったようだ。

「……はぁ。素晴らしい。確かに幻の空飛ぶ城郭都市《オムニア・ヴァーニタース》の硬貨に間違いございません。しかも、まるで時の止まったかのような最高の状態で見つかるなんて。これはオークションがとんでもないことになりますよ。……ナユタさんでしたかな？　このような、素晴らしいお品物をご提供いただき感謝いたします」

深々と頭を下げるギルドマスターに、俺は手を横に振る。

「いえ……私はこの硬貨の価値に気が付かなかったので。リンランディアさんに感謝いたします。あと、私は天空の城郭都市、【妖精の箱庭《ザ・シークレットガーデン》】の硬貨とは聞きましたが、オムニア・ヴァーニタース？と同じなのでしょうか？　古く強い国の硬貨だから、価値が安定していると聞き及んでいたのですが……」

「はい。確かに古き強国でしたし、硬貨も金の純度が高いため、当時より価値が上がっています。空飛ぶ城郭都市《オムニア・ヴァーニタース》というのは、天空の城郭都市【妖精の箱庭《ザ・シークレットガーデン》】の別名なのです。オムニア・ヴァーニタースとは一切の虚無《きょむ》、という意味。【妖精の箱庭《ザ・シークレットガーデン》】が神の怒りに触れ堕ちる中で、乗っていた生きとし生けるものが地上に吐き出され、都市の中の生き物がいなくったために付けられた名と言われています。あるいは、【妖精の箱庭《ザ・シークレットガーデン》】が通った後に国や街は何も残らず、虚無を生んでいったために付いた名……とも言われていますね」

なるほど。諸説あるみたいだけど、あとでついた名前なんだな。ややこしいな。

謎が解けたところで、オークション出品の話はトントンと進み、一番貴族の集まる大きなオークションへ出そうということになった。

でもその期日が一ヶ月ほど先になるそうなので、落札されたら手数料の10％を引いた額を、ギルドの口座へ入れてもらうことにした。

ちなみに、俺の口座に入るお金のうち、20％の売上をリンランディアさんに渡すことにした。

リンランディアさんは結構です、と最初は渋っていたけれど、リンランディアさんが気付かなかったらオークションに出すことにはならなかったからね。無理やり受け取ってもらうことにしたよ。

後のオークションに出品するにあたっての細かいことはギルドマスターに投げ……お願いして商業ギルドを出た。

ちなみに商業ギルドで売れたものは目録にしてもらってある。

ミスリルの鉱石	2塊	金貨1枚、大銀貨8枚
ルビーの原石	3個	大銀貨3枚
ガーネットの原石	6個	大銀貨4枚
大小の風の魔石	10個	大銀貨6枚
大小の火の魔石	10個	大銀貨8枚
大小の水の魔石	10個	大銀貨8枚
フォレストウルフ	5体	大銀貨1枚

オーク　5体　大銀貨3枚
アウルベア　3体　大銀貨2枚
コカトリス　10体　大銀貨3枚

というわけで、しめて金貨一枚と大銀貨四十六枚。

560万リブラの売り上げになった。

ここからリンランディアさんに借りたお金20万リブラと、ついでだからオークションを待たずに、商業ギルドの登録分の10万リブラを支払って、手元に530万リブラが残った。これでこの街《フマラセッパ》で買い物ができそうだ。

ちょっと採取が病みつきになりそうな予感。

◇　◆　◇　◆　◇

商業ギルドの職員たちに丁寧に見送られ、俺とリンランディアさんは生活雑貨屋に足を運んだ。

お金も手に入れたし、これでリンランディアさんに気兼ねなく買い物ができる。

城下町《アンダーザローズ》での買い物は無人だから、お店に人がいるという当たり前の光景が、なんとなく嬉しい。

生活雑貨屋の建物も石造りで、本当に大きな岩をくり抜いて街を造ったんだな、と思うほど、通りの石造りの通路からの壁の継ぎ目も見当たらない。

各建物によって煙突が大きかったり小さかったりと違うけれど、基本はどこの建物も一緒らしい。

商業ギルドの場合、軒下には花が、室内に壁紙のようなものが施され高級感があったけど。

イーヴァルさんの工房や、魔法ギルド、生活雑貨屋は剥《む》き出しの石壁なんだよね。

木製のドアを開けると、多様な雑貨が所狭しとぎっしり置いてある。

……まるで駅前の大型量販店みたいだな。

日本に住んでいた時、街にあったペンギンでお馴染みの量販店を思い出しつつ、店内の雑貨《アイテム》に目移りする。

多様な形やサイズの瓶《びん》に甕《かめ》、怪しげなさまざまな色の液体、多分調理用品であろう大きな鍋たちに、木彫りの手触りの良さそうな多様な皿、俺の顔より大きな木のコップにジョッキ。

足元には大きなものから小さなものまで色々な籠が置いてあって、その中には大小のブラシまで入っている。

壁にかけるであろうタペストリーに、美しく織り込まれた絨毯、天井には各種ランプがぶら下がったりして、木の靴まである。

目が回りそうだ。

『那由多、あれは調理ではなく、錬金術に使う大鍋ですよ。特殊な魔物の部位が練り込まれてますね。ここのものは格安の家庭用ですが、那由多にも錬金術の素養がありますし、チャレンジしますか？』

ツクヨミがそんなことを提案してきた。

『錬金術って石を金に変えるってやつか？』

『錬金術で作る金は、愚者の金と言って、作ることは禁止されているはずです。が、作ることは可能です。もっぱら薬草を煮出してポーションの類《たぐい》を作る作業が多いですね』

『そっか。金はやめておくよ。でもポーションとかカッコいいよなぁ……綺麗な瓶に入っているんだろ？　ちょっと興味はあるかも』

『うーん。瓶はピンキリですかねぇ……ちなみに調理道具はあちらです』

ツクヨミとそんな会話をしていると、リンランディアさんが店主に七曜計を出してもらったようで、俺を呼んでくれた。

「ナユタさん、七曜計を何種類か出してもらいましたよ」

「ありがとうございます」

俺はふわふわ浮きながら、カウンターの七曜計を物色する。店主が驚いていたが、リンランディアさんが何かを言うと頷《うなず》いていた。

七曜計の形状は、どれも雫《しずく》型や錐体《すいたい》のような形で基本変わらない。

その中で、大きなものや小さなもの、真っ黒なオブシディアンや透き通った青紫色のタンザナイトに金や銀の細工が嵌め込まれたもの、魔石を研磨して作られたものなどさまざまな種類があった。

黒も良いが青も良い。どれにするか迷ってしまう。

そう迷っていると、端っこの方に変わった形の七曜計があった。

腕時計にできそうな形だな。

そっと手にとりじっくり見る。

俺の小さくなった手でも握り込める、丸く平べったい小さな七曜計だ。

土台は艶《つや》やかな銀色の合金属で、文字盤のような部分は透明な薄いクリスタルで覆われていた。奥には美しい歯車が規則正しく並んでいる。二種類ある文字盤は、日にちと時間とそれぞれ分割されているのだろう。

他の七曜計も美しいが、俺が若かりし頃、就活の時に親父から「時計だけは良いものをつけろ」と就職祝いで買ってもらった時計を思い出す。あれはゼンマイ仕掛けで、手もなかなかにかかったが、愛着があり、ネジを回すのが習慣になっていた。

俺はこの世界に来る直前まで、その時計を左手首につけていたのだ。

今の俺の腕につけるとしたら、ちょっと大きいけれど、懐中時計のように下げられるようにチェーンをつけてもらおう……そう思い店主に聞いてみた。

「これが欲しいのですが、首から下げられるように、チェーンをつけていただくことは可能でしょうか？」

「お？　それで良いのかい？　チェーン代と工賃はかかるが、つけることは可能だよ。しかしそれが気にいるとはなぁ！」

「はい。手にしっくり馴染みます」

「それを作った奴も喜ぶよ！　ずっと売れなかったからな。チェーンをつけるから、ちょいと待っててくれ」

チェーンをつけてもらっている間、店内を物色する。

どれも面白いが今のところ必要ないかな、というものが多いが、見てる分には楽しい。

この半月、生活の基盤を整えて、自家栽培の食料確保に費やしていたけど、この世界の特有の調味料にも興味がある。時間があれば食べ物を売っている店で調味料やスパイスなどを買っておきたい。

あ。あと肉だわ。この体に肉を。

『肉が欲しい……帰りに肉屋とかにも寄りたいな……市場とかあれば良いけど……』

『那由多は、収納に入っている魔物を解体すれば良いのでは？』

『え。解体とか血がドバーッと出たら無理だし』

商業ギルドに売った魔物は、傷がほとんどないものを選んだ。

しかも収納の中は時間も止まるので、まるで先ほど狩ったばかりのような新鮮な上物ってことで、割と高めに買い取ってくれたんだよね。

血抜きもしてないから、血が素材にならないぶんは流石に手数料を引かれたけど。

『解体スキルがあるので、収納の中で使用すれば各部位が取れますよ……お肉……』

『は？　解体スキルなんてあったっけ？』

『……那由多の記憶を見ていたら、生き物を解体するパズル？　とか言うのがあったので足しときました？』

ツクヨミさん……勝手に人の記憶見て何やってんの？

ツクヨミが言ってるのは、立体パズルのことだろう。

確かに、鮪《まぐろ》とか鶏とか豚とか黒毛和牛とかを解体するパズルがちょっと流行ってて面白いなとか思ってやっちゃったおじさんアルアルだよ？　それで解体スキルとか作るとか何事なの!?

『この世界では解体は皆、冒険者ギルドや親に教えてもらいますからね。スキル自体は多分みんな持ってるものです』

ちょっと怪しいので、落ち着いたらちゃんとスキル見てみよう……

そうこうしている間にチェーンが付け終わったので、３０万リブラほど支払う。

日本だったら悩む値段だが、この世界では道すがら採った鉱石でさえ高額なお金になる。

あー。ダメ人間になりそう。

『や。それ那由多の【神眼】で、レアと高品質の鉱石掘り当ててるからですよ？』

とかツクヨミが言ってたけど。

でも良い買い物ができた。

店を出てイーヴァルさんの工房に行くまでの間、ピカピカの七曜計を見ながらニヤニヤが止まらなかった。

この七曜計はきっと売れなかったんじゃなくて、俺を待っていてくれたに違いない。

幼児×穴蔵の長たち

イーヴァルさんの工房に着いた俺たちは、工房の前まで来て、まだ準備中《クローズド》の看板が下がっていることに気が付いた。

出てくる前に、リンランディアさんがドアにぶら下げておいたのだ。

「あれ？　イーヴまだ帰ってきてないのかな？　でも人の気配は何人かありますね……」

そう言いながら、リンランディアさんは音を立てずそっと工房の中を窺う。

「うん。大丈夫だ。ナユタさん、イーヴは帰っているみたいですので、このまま入りましょう」

「はい」

俺は買ってきた七曜計を大切に首にかけ、リンランディアさんの後についていく。

工房の奥の部屋に入ると、イーヴァルさんと、イーヴァルさんより歳をとった五人のドワーフたちが、所狭しとテーブルを占領していた。

「イーヴ。突然客の小物握って、しかも客と工房放り出して走り去っていくのはやめてもらえませんかね？」

「おーー！　ランディと坊主！　そんなこまけぇことぁ良いんだよ！　でも看板出してくれてありがとうな！　それより坊主、待ちわびたぞ‼」

おっと。ギルドと生活雑貨屋は耳栓が必要なかったから外していたんだけど、つけるの忘れちゃったよ。イーヴァルさんの声で、結界が効いているはずなのに耳がビリビリする。

そしてリンランディアさんは至極真っ当な意見を言ったのだけど、細かいこと扱いされてしまった。もし日本だったらクレーム祭りだよ。

俺は耳栓をつけながら、イーヴァルさんに問いかける。

「待っていたって？」

「坊主が持ってきた小さな家具だが、俺たちの古き祖先の刻印が入ってたんだ！　ここに！」

イーヴァルさんはそう言うと、小さな家具の裏側の角っこの金具を指差した。

「あ。本当だ、気が付かなかった……」

小さな家具の、小さな小さな二本の薔薇《ばら》が絡まる刻印。

非常に見にくいが、確かに入っていた。イーヴァルさんよく気が付いたな……

俺が持ってきた壊れた小さな家具は、他のドワーフたちに熱心に見られていた。

「おい……小僧……こいつをどこで手に入れた？」

「今住んでいる所にあったんです。小さい壊れた家もありますよ。この家のサイズに合わせて家具を作ってもらいたいのですが……」

ちょっとこのドワーフ偉そうだな、と思いつつ、壊れた小さな家をテーブルの上に出した。

するとイーヴァルさんをはじめとした六人のドワーフたちは、目の色を変え小さな家を物色というか鑑定し始めた。

「こんなことが起こるとは……」

「この形……この形状……」

「使ってる材質といい……文献の通りだ……」

「間違いない……」

「「「「間違いない!!」」」」

「これは一万二千年前の混沌《こんとん》の時代、赤き薔薇の女王に御先祖様が献上した魔道具【妖精の箱庭《ザ・シークレットガーデン》】の付属魔道具《アイテム》だ！」

ドワーフたちが興奮しているけど、そりゃそうだよな。

言葉通りのものが……一万二千年前の御先祖様アイテムが見つかれば大興奮だわ。お気持ちは察する。日本だと縄文時代よ？　俺も上野の某博物館で、遮光器土偶のぬいぐるみが発売されたと聞いた瞬間買いにいきましたし。え？　そういうのと違う？　すみません。

『ところでツクヨミさん。数千年前とか言ってなかったっけ？』

『体感、数千年くらいだったんですけど……そんなに時が経っていたのですね……』

体感の誤差のスケールがデカすぎて、ここら辺はわけがわからないですね。

「ランディ！　小僧！　紹介が遅れたが、ここにいる五人の同胞は、この街の職人を束ねる長《おさ》たちだ！　俺も含めてな！」

「え!?　あの……」

リンランディアさんがびっくりしてる。長《おさ》ってことは偉い人たちなのかな？

イーヴァルさんに続いて、ドワーフたちが挨拶してくる。

「冶金職人を束ねるモートソグニルじゃ」

「鍛冶職人を束ねるイズンだ」

「家具職人を束ねるドゥリンだ。まさか御先祖様の最高傑作が見られるとは……感謝する」

「木工職人を束ねるヨーゲルだ」

「石工職人を束ねるハーナルです」

さっき偉そうだなって思ったドワーフは、イズンさんらしい。あの態度もこの街の長の一人なら納得だな。

「そして彫金職人を束ねるイーヴァルだ！　まさかこの目で、祖先が……スヴァルドが打った刻印を見られるとは思わなかったぞ！」

「はじめまして、ナユタと申します」

喜色満面のイーヴァルさんに続けて、長たちに挨拶をする。

「はじめまして、リンランディアと申します」

俺の隣では、リンランディアさんも頭を下げているが……みんなの視線は俺に向いたままだ。

「よし！　小僧。お前の願いを聞き届ける代わりに、この家具と家を譲ってもらっても良いか？」

そしたら急にイズンさんがそんなことを言い始めた。

「おい！　イズン……お前なんて無茶なことを……！」

「我らの祖先の作品だぞ!?　他種族の小僧より我らドワーフが管理する方が良いに決まって

る……!!」

イーヴァルさんが諌《いさ》めるが、イズンさんは止まらない。

『ツクヨミ、ドワーフたちに譲っても構わないかな？』

『構いませんよ。家具たちも里帰りができて喜んでいるんじゃありませんかね。那由多もドワーフの新しい家具が欲しいのでしょ？』

『うん！　ありがとう』

ドワーフの家具が欲しいとか言ってたけど、今使ってるのも元々、ドワーフたちの御先祖様の作った家具だったわけだ。

けど、やっぱりここまで来たら新しい家具欲しくなっちゃうよね。御先祖様と子孫の共演だ。

「構いませんよ。壊れた家と家具たちは、お譲りいたします」

俺の言葉に、イズンさんは大きくガッツポーズをしていた。


それから希望の家具や形状など話し合って、ついでに調理道具や敷物、絨毯、カーテンなどの家具一式を取り揃えてもらえることになった。

そんなこんなで話し合っていたら、辺りはすっかり薄暗くなり、五人の長たちは揃って帰路についた。

俺とリンランディアさんは、イーヴァルさんの工房の奥の休息場に泊めてもらえることに。

「すみませんリンランディアさん。すっかり付き合わせてしまって……ありがとうございます」

本来ならリンランディアさんは、イーヴァルさんの彫金細工を受け取ったら帰路につけたんだ。

「いえいえ、私もとても貴重な経験をさせていただいています。助けてもいただいたし、オークションの代金まで頂戴《ちょうだい》し、今私、最高に運がついていると思います。こちらこそお礼を言わせてください」

お互い、いえいえ……と、お礼を言い合っていたらイーヴァルさんが、大きな鍋とパンなどがたくさん入った大きなカゴを持ってきてくれた。

工房の二階がイーヴァルさんの家になっているらしい。

「うちのカカアからの差し入れだ！　ゆっくりたらふく食ってけ！」

「わぁ!!　ありがとうございますイーヴ！　お腹減ったなぁって思っていたんです！」

「ランディ！　おめぇはいつも腹ぁ減ってんだろうが！」

「まぁ、そうなんですけど」

そんな二人のやりとりを見ながら、俺はお礼を言う。

「イーヴァルさん、ありがとうございます」

正直、昼間に食べたどんぶりケーキでお腹いっぱいなんだが、異世界メシ第二弾、気になるしこの体も栄養とらなきゃだしね。

どんな素材か気になったので、早速鑑定してみる。

▼モージル特製　森林魔牛《フォレストブル》とパプリカのシチュー

▼【黒妖精《フマラ》の穴蔵《セッパ》】のパン屋さん「槌と小麦粉」の黒パン
▼モージル特製　ジャガイモと燻製《くんせい》チーズのバター添え
▼モージル特製　フェーダーヴァイサー　発酵中
▼ぶどうジュース

うおー！　モロに肉と炭水化物だ！　この体に求めていたカロリーの暴力だ。

こういうのが良いんだよな。

黒パンもある。肉と一緒に食べる黒パンは酸味が良いアクセントになって美味しいんだ。ジャガイモにバターとチーズとか正義しかない。

フェーダーヴァイサーっていうのは発酵途中のワインだな。ほぼぶどうジュース。なかなか日本ではお目にかかれない甘ったるいやつだ。この体じゃ飲めないけどね。

イーヴァルさんがニコニコと、お皿に真っ赤なシチューをよそってくれた。

ゴロゴロ肉と根菜がたまらない。実はこの半月、野菜と米の健康生活だったから肉を食べるのがすごく久々に感じる。

ではっ！

「いただきます！」

シチューは真っ赤で一見辛そうだが辛くはなく、甘い根菜と少しだけ苦い香味野菜がなんとも言えない旨味を出していた。野菜は溶けて肉はじっくりと煮込まれ、木のスプーンで簡単に割れるほどホロホロだ。

シチューに舌鼓《したつづみ》を打ち、皿に残ったわずかなシチューも黒パンで綺麗に拭って食べた。

胃が小さくてあまり食べられなかったけど、とても美味しかった。

モージルさん……イーヴァルさんの奥さんらしい……は、ほんの数日前に赤ちゃんを産んだばかりだそうだ。

そんな大変な中、俺たちにも食事を作ってくれたみたいで感謝しかない。

二階から降りたり登ったりするのが大変なので、食後にご挨拶を一度させていただいた。

その時、赤ちゃんも見せてもらったけど、小さくて可愛かった。髭《ひげ》はまだ生えてないようだ。

今更だけど、ドワーフはみんな髪も髭もモジャモジャでパッと見だと個人が特定しにくいんだよね。

『那由多も小さくて可愛いですよ？』

『……ツクヨミ……ありがとう』

赤ちゃんを抱っこするモージルさんを見ていたら、なぜか胸が締め付けられる感覚がした。

これは俺ではなく、この体の感情だろう。

きっと母親を覚えていて、母親に抱っこされたりして可愛がられていたのかもしれない。

小さな子供の悲しい胸の締め付けに引っ張られないよう、幸せそうな親子から目を逸《そ》らし、明日に思いをはせる。

そうそう。ここに来た一番の目的の依代は、鍛冶職人を束ねるイズンさんのお弟子さんに作ってもらえるそうだ。

明日、イズンさんの工房に足を運ぶのだが、なぜかリンランディアさんも一緒に行くことになった。

リンランディアさんと泊まった部屋は、職人が昼寝とかに使う簡素なベッドが置いてあった。

寝心地は良いとは言えないが、いつもと違う人がいる気配の中、俺はぐっすりと寝てしまったのだった。

◇◆◇◆◇

翌朝。

『鳥の鳴き声が聞こえる……』

いつもの静かな家とは違う、生き物がいる気配を感じ取り、ふと目が覚めた。

イーヴァルさんの工房に泊めてもらったのを思い出し、ゴソゴソとベッドから這《は》い出る。

俺が起したのを感じ取ったのか、リンランディアさんもゴソゴソと起き出した。

「ナユタさん、おはようございます」

「リンランディアさん、おはようございます」

小さな洗い場で、リンランディアさんに水を出してもらい顔を洗う。

朝食は朝市で買おうということになって、イーヴァルさん、リンランディアさんと共に工房を出た。

イーヴァルさんの工房周辺は職人街なので静かだが、大通り《メインストリート》に出ると、普通の旅人……もしかしたら冒険者かもしれない……や、仕入れに来たような商人、朝市に行く人などで溢れていた。

大通り《メインストリート》をしばらく行くと、ぽっかりと開けた大きな広場がある。

そこでは所狭しと、様々な人々が屋台を広げていた。

すでに行列ができている屋台が何店舗もあるし、広場はとても賑わっている。

イーヴァルさん曰く、朝の数刻だけこの光景が観られるらしい。確かに、俺たちがこの街に来た時はこういうような屋台はなかった。

どこも賑わっていて、目移りしてしまう。

大麦のミルク粥《がゆ》に、甘そうなフルーツスープ。加工肉にサンドイッチ、大量に平べったいパンが積み上げられたパン屋もすごい。

イーヴァルさんは平べったいパンと大きな腸詰を平たいパンで挟んだサンドイッチを買い込み、リンランディアさんもそれを大量に買っていた。

俺も家で食べるように、平べったいパンを何枚か買って、みんなと同じく腸詰を挟んだサンドイッチも買った。

「あとは昨日の残りのシチューがあるからこれで良いかな……」

工房に戻った俺たちは思い思いに朝食を食べ、イーヴァルさんに「また来ます」と、お世話になったお礼と挨拶をして、イズンさんの工房に向かった。

リンランディアさんの案内で到着したイズンさんの工房は何軒か家を繋《つな》いだのかとても大きく、煙突も立派で、濛々《もうもう》と煙が空へ上がっていた。

「ごめんください……」

恐る恐る木製のドアを開けると、カチンカチンと金槌を振るう音と怒号が耳に飛び込んでくる。

「おらぁーーー！」

「よいしょーーー！」

「まだまだー！」

うわぁ……熱気がすごい……

焔の尖塔から分かたれた炎なのか、煌々と燃える炉の扉が、息を吸うようにカパカパと開いている。

「おお！　来たか小僧たち！　こっちだ‼」

イズンさんが呼んでくれたので……実はみんな髭も頭もモジャモジャで、どの人がイズンさんかわからなかった……そちらの方へ行く。

工房を見学したいらしいリンランディアさんを置いて、俺一人でそのまま奥の部屋に通されると、若い男性を紹介された。なんとこの男性、髭がない！

「小僧の希望の物《もん》はコイツが注文を引き受けよう。腕は良いがちょっと変わりモンでな。俺の倅《せがれ》だ！」

ええー！　あんまり似てない……いや。目のところがそっくりかも。

ああ、びっくりした。ちょっとヤル気ないなーって感じの、髭を剃《そ》ったイズンさんみたいな感じ。

「イズンの子、ノーリだ。俺はお前に何を作れば良い？」

おう。イズンさんの偉そうな血を感じる。

「はじめまして、ナユタと申します。直刀と鏡と勾玉を作っていただきたいと思いまして、希望の形というか図面のようなものを書いてきました。そこまで大きくなくて良いのですが……」

昨晩、イーヴァルさんに紙とインクとペンを借りて書いた図面を懐《ふところ》から出す。

その反動で七曜計がシャラリと揺れた。

「それは……」

「あ！　これ、昨日この街の雑貨屋さんで、とっても良いなって思って買ったんですよ。これから私と一緒に時を刻んでくれる相棒です！　とっても素敵でしょ？」

『相棒ならここにもいますよー』

ツクヨミが何か言っているけど、俺は七曜計を自慢したくてノーリさんにドヤァと見せびらかす。

「……わかった。お前に俺の最高の品物を送ろう」

「？？？　はい。ありがとうございます？」

突然ノーリさんのヤル気が上がった？　どこかにスイッチでもあったのかな？

すると、呆れたようなツクヨミの声が聞こえてくる。

『那由多……その若いドワーフ、那由多の七曜計の作者ですよ！　普段から【神眼】で人を見てればすぐにわかったのに……』

『なんと』

これは運命なんじゃないでしょうか？　俺は運命に従ってノーリさんに、最高の神様たちの依代を作ってもらうぜ！


それから、具体的な話を進めていく中でわかったけど、ノーリさんは偉そうなんじゃなくて、ただ寡黙《かもく》な感じだった。

この世界では多分見たことがないであろう武器と鏡。そして勾玉。勾玉に至ってはどうしてこんな形をしているのか不思議がっていた。日本人だった俺もわからないので伝統的な形なんですって言って誤魔化した。

材料は、俺が【黒妖精の穴蔵《フマラセッパ》】に来るまでに採掘した鉱石を提供した。

ノーリさんは提供した鉱石に随分驚いていたが、ここに来る間に、道すがら採ってきたと言ったらもっと驚かれたよ。

俺たちが通った道……旧街道と言うらしい……は、もう鉱石は掘り尽くされてめぼしいものは出ないという話だった。

しかも長命の妖精族しか旧街道を知らないそうで……だからリンランディアさんがハイエルフである自分が鑑定できない俺のことを、長命で魔力が強そうな種族＝小人族《リリパット》と勘違いしたのか、と納得した。

ともあれ、とりあえず直刀二振り、鏡、勾玉一つを注文した。

すべてが仕上がるのは一ヶ月後と言われたので、また一ヶ月後に来ますってことになった。

丁度オークションもあるし、商業ギルド内で王都のオークションが魔道具で中継されるらしいので、それを見に商業ギルドに寄るのも良いかもしれない。

あと、ノーリさんが作った七曜計だけ、この街の他の七曜計と形が違うのが気になって、どこから発想が出たのか聞いてみた。

そしたら、ある日夢で見たらしい。何の夢だったか忘れたけど、それを腕につけていた記憶はあって……ってそれって。いや深追いするのはやめておこう。

気を取り直して、神様に良い依代が仕上がるようにお願いしてみよう。

二礼と柏手《かしわで》を二つ。

『天目一箇神《あめのまひとつのかみ》さま、石凝姥命さま、玉祖命さま、ノーリさんが良い仕事ができますように……』

鍛冶の神に、三種神器のうちの二つ、八咫鏡《やたのかがみ》と八尺瓊勾玉《やさかにのまがたま》を作ったとされる神様だ。

そして一礼をすると、スルスルと蛇腹状の御朱印帳が出てきて、お願いした神様の小さな神使たちがノーリさんの体の周りを駆け巡る。

いつもは狐の神使が多いけど、今回は狛犬《こまいぬ》率が高い。

小さなモフモフした狛犬たちが、キラキラした光を放ちながら、ノーリさんの周りを駆け、やがて自分たちの朱印に戻り御朱印帳は俺の体の中へ戻った。

「何だ？　俺の周りが光って……？　何かの祝福を貰ったようだ。お前が何かしたのか？」

キラキラした効果はノーリさんにも見えていたみたいだが、御朱印帳とかは俺以外には見えていないようだ。

「ノーリさんが憂いなく良い仕事ができるように祈ってみたんですが……」

「……そうか。何か清々しい想いと、お前の品を作りたいという気持ちが強くなった。感謝は仕事で返そう」

「はい。よろしくお願いします」

仕上がりが楽しみだ。

あとはノーリさんに細かい注文の方をお願いして奥の部屋を出たら、リンランディアさんも何か注文したようで、職人さんと握手をしていた。

リンランディアさんはまだしばらく商談が続くそうなので、ここで別れて俺は街を散策したいと思う。

「……ということで、リンランディアさん。お世話になりました。またご縁がありましたら、よろしくお願いいたします」

「こちらこそ、ナユタさんに出会えたことが何よりの幸運です。元ですが……森の民から祝福を贈ります。またご縁がきっとありますように！　良い旅路を！」

「リンランディアさんもお気を付けて、良い旅路を……！」

割とドライな別れだなって思ったけど、旅人が多いこの世界の普通なんだろうなと受け止めた。

イズンさんの工房を出て大通り《メインストリート》に出る。

相変わらずふわふわ浮いて移動している俺は、誰かとすれ違う度に二度見されるが、気にせず街を散策する。

スリが来ようにも宙に浮いているし、危害を加えようとしてもツクヨミの聖域結界《サンクチュアリー》で俺に対して悪き心を持つ人は弾き飛ばされるし、混雑していても割と快適に移動をしていた。

変わった野菜や果物を売っているお店で、見たことのないものを大量に購入する。

ちなみに、言語翻訳さんが日本語に近づけて訳してくれるけど、ちょくちょくなんか違うようなものが混ざっていた。

そのお店を出たあとは、香辛料やハーブなどの調味料のお店に行く。

ちょっと用途のわからない謎なものもあるけど、聞いたことのある名前のものは買い込んでおいた。

オールスパイスとかあると便利なんだよな。それからカレー粉に使えるものや、肉の臭みをとるスパイスや、腸詰に使えそうなハーブを買い込んだ。流石にこの量のスパイスやハーブを自分一人で栽培するのは骨が折れるからね。

再現料理にハマって、チェーン店やブランド食品の再現しまくっていた時に有名フライドチキンやカレー、牛丼レシピなど作ったのをまだ覚えているので、この体にどんどん食わせようという心算だ。胸焼けしない若い体！　いいね！

あとはイーヴァルさんの所で食べたパンも良かったので、スパイス屋の店主に『槌と小麦粉』の場所を教えてもらった。

早速向かうと、教えてもらった槌と小麦の穂が交差した看板が見えた。

どの国でも、看板に小麦の穂が入っているとパン屋であるという印なのだそうだ。このパンの焼ける香ばしい匂いで、パン屋ってわかってしまうけどね。

俺は意気揚々と店舗に入り、黒パンと全粒粉の田舎パンと、テーブルロールみたいなコロンとしたパンを買い込んだ。

あまりにも買い過ぎたもんだから、パン屋の女将《おかみ》さんが、俺が持てるのか心配してくれた。

安心させるために、購入したパンを【無限収納】にしまったんだけど……危ないから、やたら滅多に人前で収納系のスキルを使わない方が良いと、余計に心配をかけてしまった。

この世界でも収納系スキルは貴重で、持っている人は少ないようだ。

できたら魔法のバッグを——収納スキルと似たような性能を持つ魔道具を買いなさい、と言われたので次回商業ギルドで、俺の体に合うバッグがあるか聞いてみようと思う。

さて。粗方《あらかた》の用事は済んだし、また鉱石を掘りながら家に帰るとしますか。

閑話～北の帝国のお話2～

五年前——

「おめでとうございます」

「帝国に祝福あれーー！」

「おめでとうございます!!」

「帝国万歳!!」

「万歳!!」

皇城の二階のバルコニーから、二人の初々《ういうい》しく若く美しい男女が、所狭しと群がる地上の民衆ににこやかに手を振っていた。

この度、『北の帝国』と呼ばれるこの国の民待望の皇太子の婚儀《こんぎ》が無事終わり、若き夫婦はバルコニーから民衆たちに幸せな姿のお披露目《ひろめ》をしていた。

特別なこの日のために開け放たれた城門は、民衆からの祝い花でいっぱいだ。

今回、皇太子妃になったのは、穏健《おんけん》民衆派の公爵の娘で、帝国民はそのことについてもさらに湧き上がっていた。

「新しい皇太子のお妃様は、慈善活動にも力を入れてらっしゃる心優しきお妃のようだ」

「一を聞いて十を知る、才女とも賢女とも聞いたよ！　例の大規模な災害が起こった時、いち早く公爵領が立て直したのも、公爵様とお妃様の采配が良かったからとも聞いた」

「公爵領の民が自慢していたものな」

「皇太子もなかなかの傑物《けつぶつ》と聞いた。これからますます帝国も豊かになるな」

所々で若き皇太子とお妃様を讃《たた》える声が聴こえる。

皇城の者たちも、この幸福を喜び、みんなにこやかだ。

そんな皇城の片隅で、遠く喧騒《けんそう》を聞きながら、鬼のような形相で苛々《いらいら》する一人の女がいた。

「何が賢女よ。何が才女よ。あんな陰気な女、皇太子妃に相応《ふさわ》しくないわ。私《わたくし》の方が相応しいのよ！　同じ公爵令嬢という立場で、私《わたくし》の何が劣っていたというの……皇太子妃の立場は私《わたくし》の方が相応しいのに……そうでしょ？　あの女、絶対に父親に言って裏から何かしたに違いないわ。ずるいずるいずるい……」

城の部屋に飾ってあった陶器などを薙《な》ぎ払い、その残骸を踏みつけ女は部屋を出ていった。

女は皇城の裏門に付けてある馬車に乗り込み、とある場所へ向かう。

「この世で一番美しく、この世で一番気高き女神エレオノーラ様にお願い奉ります」

女が向かった先は、城下街で一番大きな、美の女神エレオノーラの教会だった。

女は皇太子妃の座を他の女に取られたことをよく思わず、女神エレオノーラを頼った。

女神エレオノーラは想いが強い民の前に現れ、贄《にえ》と引き換えに神託を下す、慈悲《じひ》深き神である——信者のその言葉を信じ、彼女はやってきたのだ。

「私が皇太子妃、ひいては皇妃になった時、必ずエレオノーラ様を国教とし、敬い奉ることをお約束いたします。どうかあの女を無惨《むざん》に蹴落《けお》とせるようお力添えを、お願いいたします」

どうか……どうか……あの女に絶対的な絶望を……

——リィン……

澄んだ鈴の音が一度響いた直後、突如、光が教会に溢れる。

『そなたの願い、叶《かな》えて差し上げましょう』

女が驚く隙もなく、男とも女ともつかない声が教会に響き、何かが入った瓶が二つ、女の前に現れた。

『一つは皇太子に、一つは皇太子妃に飲ませるが良い。一つは傀儡《くぐつ》に、一つは魔力過多を引き起こすもの。取り違えてはならぬ。我への供物《くもつ》は、強き魔力を持つものを月五十頭ほどで良い』

その神託を聞いた女は、笑みを浮かべる。

「嗚呼……何という……慈悲深き女神様、ありがとうございます。供物の方はお任せくださいませ。必ず御用立ていたしましょう。帝国の憂いを祓《はら》う太陽、誉《ほまれ》高き美の女神様……」

女は深く感謝の意を女神に示し、教会を後にする。

教会の中には他の信徒もいて、一連の話を聞かれてしまっていた。

しかし女が側仕えから受け取った金を握らせたら、ニヤニヤと「神のご加護を」と、言葉を発していた。

（汚《けが》らわしい……）

女は男の触れた手を自身のドレスでゴシゴシと擦り、待たせていた馬車へと足早に乗り込むと、自身の屋敷へ急がせたのだった。

「お父様！　お父様!!」

「どうした……グレモリー、そんなに慌てて」

家に入った女――グレモリーは、父である公爵の部屋へ飛び込んだ。

「私《わたくし》に、美の女神様からありがたい神託が降りましたの！」

「何だと？」

「これを飲ませると良いそうですわ。一つは皇太子を傀儡に、一つは皇太子妃を魔力過多にするもの……毎食少しずつ混ぜられれば良いのですが……」

「何と……でかしたぞグレモリー……我らに運が巡ってきたというのか……わかった。皇太子は私が請け負おう。皇太子妃はお前が側仕えになるよう取り計らうから、あとは自分でなんとかするが良い」

「あと女神様へのお供物なのですが……魔力高きものを月五十頭ほど用立ててほしいのです」

「良かろう。領民を贄に……あとは人族にいなければ、先々のために妖精族でも狩って魔力高き人族と番わせ、無理やり子を産ませれば良かろう。元より獣のような奴らだ。あとは奴隷を仕入れるのも良かろう。ツテはある」

「流石お父様ですわ！　頼りになります。ですが民衆が面倒そうですわね」

「女神の祝福は我らにある。心配はない。民衆など金を握らせればどうとでもなるであろう。邪魔なら消せば良いのだから」

「それもそうですわね。ではお父様、あの女の側仕えなどごめん被りたいところですが、御手配お願いいたしますわ」

第三章　呪われた一族と幼児

幼児×薬草

たまたまいた門兵のヴィルヴィルさんに「また来ます」と別れを告げ、来た道をふよふよ浮きながら引き返す。

洞窟で、リンランディアさんと出会う前と同じように採掘しながら帰ろう。

『那由多、良かったですね。依代も注文できたし、家具も新調できそうで』

『うん。お気に入りの七曜計や調味料なんかも買えたしね。これもツクヨミがここまで案内してくれたおかげだよ。ありがとうな』

ここではまだ他に誰かいるかもしれないので、声に出さずにツクヨミと会話する。誰かに見られたら盛大な独り言だと思われるしね。

『私のサプライズは失敗してしまいましたけどね。あの邪魔なハイエルフさえいなければ……』

ツクヨミが歯軋《はぎし》りしてる気配がする。

まぁ今思えば、リンランディアさんが俺のことを小人族《リリパット》って勘違いして一緒にいてくれたおかげで、同じ妖精族だということで、ドワーフたちも警戒せず受け入れてくれたんだろう。

というのも、リンランディアさんと別れてイズンさんの工房を出た後、何軒かお店を見て回った時のことだ。

リンランディアさんたちと回った時のようなフレンドリーな接客じゃなくて、仕事ですって感じの接客だったなぁと思ったんだ。些細《ささい》なことだったけど。

それを考えれば、イーヴァルさんを紹介してくれたリンランディアさんに出会った俺こそ、良縁《ラッキー》だったのかもしれない。

来る時に掘ったのもあってか、めぼしい鉱物はなかったけど、ジェイド、ラピスラズリや鉄など、ちまちま掘りつつ、ときどき空間転移でショートカットしながら移動し、洞窟を出た。

久々の草原と森の空気だ。

丁度お腹が減ったので、良さげな岩に腰掛け、朝買ったサンドイッチの残りを食べ、水魔法で喉を潤《うるお》した。

空間転移で一気に【妖精の箱庭《ザ・シークレットガーデン》】まで帰ろうかなと思ったけど……錬金術にも興味が出てきたので薬草を少しと、神様の依代用の神棚も作るのに、白木でも伐採《ばっさい》していこうかな。

『薬草は群生地がありますから、そこにご案内しましょう。白木はそうですね……いっそ世界樹《ユグドラシル》の枝でも折りに行きますか？　でもそうするとかなり帰りが遅くなりますね……』

『ちょっと、ツクヨミさん……どこ行くつもりなの？』

また何かヤバそうな雰囲気がする。世界樹《ユグドラシル》ってもうヤバそうな気配だし。この世界にそんなものがあるのか……

『薬草の群生地は、それほど遠くないのですが、世界樹《ユグドラシル》はかなり距離がありますね……言うなれば、とある国の深いダンジョンの底というか……』

『今日は薬草だけで良いよ。白木は何か別の木で考えよう』

でも、もう少し成長したらその国のダンジョンに行くのも楽しいかもしれない。

やりたいことは増えていくのに、子供のこの体がついていかないのがもったいないな。この世界に来る前はいつも若くありたいと常々思っていたけれど、今はただ、早く大人になりたい！　というセリフが身に染みる。

『わかりました。では薬草の群生地へ行きましょう』

そんなツクヨミの言葉と共に、いつものように矢印で目的地を示される。

それに従って、たまにコカトリスの卵などのアイテムを採取しながら、どんどん空間転移で進んでいった。

『卵もあるのか……こうなったら牛乳も欲しくなるよな……アンダーザローズで牛とか山羊とか飼えると良いんだけど……』

生命の気配がないし、やっぱり難しいのかな？

『飼えないことはないですよ。牧場跡とかありますし。ただ、人間が掛け合わせたような温厚な動物は、この森にはいませんので魔獣をテイムするしかないですかね……』

あっ、そういえばツクヨミに聞こうと思ってたんだよね。

『気になっていたけど、ツクヨミは魔物と魔獣って使い分けてるでしょ？　でもイーヴァルさんたちは、魔獣って言ってたよね。何か違うのか？』

『ええ。魔物は魔力溜まりなどから生まれるもので、必ず魔石を持っています。魔獣は母胎《ぼたい》から生まれ出る、魔力を持った獣で、魔石を持っているものもいれば魔石を持たないものもいます。今は一括りにされて魔獣と呼ばれたりしていますが、地方によって言い方が違うなどあるようですよ』

『なるほど』

どの魔物がどういう生まれなのかわからないし、やがて統一して魔獣とかになったのかな。

魔獣も魔物も、全員が脅威だとわかれば、呼び名は割とこだわらないのかもしれない。

『テイムなぁ……牛乳とかバターとかチーズとか欲しいし、いずれしたいと思うけど……』

『その時が来たらやり方は教えましょう』

しばらくツクヨミとそんな話をしながら、森の中の道なき道を空間移動でちまちま移動する。

すると突如、開けた場所に出た。

日光がよく当たった、草深い草原だ。

魔物などに荒らされていないからか、品質の良い薬草がたくさん生えているようである。

『ここの薬草、鑑定だと状態が滅茶苦茶良いから、株ごと採って妖精の箱庭《ザ・シークレットガーデン》に植えても良いかな？ちゃんと育つかな？』

『良いと思いますよ。妖精の箱庭《ザ・シークレットガーデン》は魔力が豊富ですから、よく育つと思います。採取したものと別に分けて、花壇を作って何種類か植えてみましょう』

若干細かい虫が気になっていたのだが、ツクヨミの聖域結界《サンクチュアリー》で地味に虫が寄ってこない……便利すぎる。まぁ、寄ってこないってことは俺に害があるということなのだが……

アンダーザローズの雑貨屋で買った園芸用スコップで様々な薬草を掘り起こし、土ごと採取して【無限収納】へ入れまくった。

随分夢中になっていたようで、気が付くと日がだいぶ落ちてきていた。

こういう時、七曜計の出番である。商業ギルドで覚えた浄化で、両手を毛穴まで綺麗にして七曜計を見る。

『もう十分とったし帰りますか』

半月住んでいたあの城郭都市の入り口を思い描いて……空間転移。

視界が変わり、あっという間に、天空の城郭都市【妖精の箱庭《ザ・シークレットガーデン》】の前まで来た。

ここまで来たら、もう声を出してツクヨミと喋《しゃべ》っていいだろう。

「一日ぶりだけど久々な気がする」

『色々ありましたしね』

確かに。

【黒妖精の穴蔵《フマラセッパ》】のイーヴァルさんの工房では入れなかった風呂にゆっくり浸かりたい。冷たいビールも飲めれば良いのにな……

そんなことを考えながら門《アーチ》を潜ろうとしたら、崩れ落ちた赤煉瓦の城壁の陰に、白く丸いものが落ちていた。

「何だ？　あれ。ぽんぽんな大福みたいだな……」

▼狂戦士《ライカンスロープ》
意識を失っている。


「ライカンスロープ？　狼人間《おおかみ》だっけ？」

『おやおや？　これまた珍しい。呪われた血族が落ちていますね』

え。呪われているの？

というか鑑定結果の意識を失っているって……

「呪われて気を失ってるってことか？」

ふわふわ飛んで、丸まっているライカンスロープの近くまで来てみた。

『いえ。多方【妖精の箱庭《ザ・シークレットガーデン》】の結界に阻まれたのでしょう。あとは……ここまで来るのに魔物と戦ったのかもしれません。ちなみにその狂戦士《ライカンスロープ》は雌《めす》のようですね。危ないから近づかない方が良いです……ん？　……いや……この者は……』

「雌って……」

ツクヨミが近づかない方が良いというので、門《アーチ》の方まで戻ろうとしたら、白い者がピクリと動いたような気がして、思わず俺は振り向いてしまった。

「!!」

白い狼の顔をした者は頭をゆらりと擡《もた》げ、こちらを確認すると大きく空に向かって遠吠《とおぼ》えをした。

「うわっ！　やばい。仲間を呼んだのか!?」

「あた……あた……あたくしのぼ……ぼぅ……や……み、みぃ……みぃつ……けぇた……ぁ……」

そう言葉を発すると、白い狼女はドサリとまた意識を失った。

何だか声を聞いて心臓がざわざわする……体がこの狼女の近くに行きたがってる……

もしかして……

いやでも……

【神眼】よ。この狼女の鑑定を詳しく表示してくれ……！

『那由多……』

ツクヨミが何か躊躇《ためら》っている。俺は不本意だがこの狼女のプライバシーを見ることにした。

▼狂戦士《ライカンスローブ》　♀
　名前　アネット・グラキエグレイペウス＝ノートメアシュトラーセ
　年齢　20

ノートメアシュトラーセ帝国　元第19代皇妃
現在、精霊の子を宿し殺した獣の妃として、皇家を謀《たばか》った罪で廃妃となっている。
同じく皇家を謀った罪で廃爵されたグラキエグレイペウス公爵家、当主ランガルトの第一子。

現「那由多」の体を産んだ者
現状の打開策を求め、自身の産んだ精霊の子の色濃く残った魔力を頼りに、記憶する森を単独攻略。【妖精の箱庭《ザ・シークレットガーデン》】に辿り着くも【妖精の箱庭《ザ・シークレットガーデン》】の防衛陣《セキュリティ》に阻まれ気を失う。

状態
魔獣になる呪い、毒、魔力過多、満身創痍《まんしんそうい》、気絶

また鑑定の表記が変わって、少し詳しい情報や詳細まで見られるようになってる。ってそれどころじゃない。

おいおいおいおい……まだ二十歳の娘さんがなぜこんな……

しかもこの体の産みの親ってマジか。だからずっと胸がざわざわ締め付けられた感じがしてたんだな。

俺の体の魔力を追ってきたのか……うん。安心しろ俺の体。しっかりお前の母さん保護してやるからな。

「なぁ、ツクヨミ。この人のケガを治してあげたいんだ。アンダーザローズに連れていって良いか？」

『仕方ありませんね。那由多の体を産んだ者ですし。あと……まだ遥か遠くですが、この人狼の追っ手……いや違う……血縁の者がこちらの方に来てますから、案内でも出しておきましょう

かね』

血縁の者？　つまり俺の親戚ってことか？

「よろしく頼むよ」

『那由多の血族となる人たちですからね。悪くない者たちだし』

俺はすぐさまこの女性を飛行魔法《フロトスラスト》で浮かべ、アンダーザローズの俺の家へ急いで移動させた。

アンダーザローズ内では、空間自体が魔道具なので空間転移ができず、家までの移動に焦ったが、今の俺が出せる最速で家に着いた。

公爵家のお嬢さんにっとてはちょっと硬いかもしれないが、急いで簡素なベッドに横たえ、以前ツクヨミから習った治癒魔法を、ぶっつけ本番だけど試みた。

内臓修復……失った細胞の活性……切れた筋肉繊維を治して……

俺が魔法をかけると、肌がみるみる綺麗に再生し、ふっさりした白い毛で覆われた。

全身くまなく治癒をかけ終えた頃には、どんどんと毛は薄れ、やがて人間の顔と手足が現れた。

やつれてはいるが、今の俺と同じ薄い青が入った銀髪で、かなり美人だ。

しかしまだ目覚める気配はない。

そうだ。魔力過多と毒って出てた！

「ツクヨミ、魔力過多と毒はどうすれば良いんだ？」

『毒は先ほど採ってきた薬草を使いましょう、すぐどうこうなる毒ではないですから、大釜と柄杓《ひしゃく》を買って、解毒薬を作るのです。魔力過多は……何年か、薬を盛られた結果のようですね。魔力吸収《マギカドレイン》で吸い出せるだけ吸い出してみましょう。私がアシストします』
「わかった！　よろしく頼むぜ！　ツクヨミ！」

◇◆◇◆◇

長年冒されてきた魔力過多は、魔力を一気に抜くことはできないそうだから、ゆっくり治療していくことになった。ツクヨミ先生アシストのもと、魔力吸収《マギカドレイン》で毎日少しずつ魔力を吸い取っていく。

毒抜きについては、今まで足を踏み入れたことのなかった少し崩れた王城へおもむき、王城の書斎から【～毒草から薬草まで～華麗なる貴族のための生薬《しょうやく》辞典】なる胡散臭《うさんくさ》い本を拝借した。その足で城下町の魔道具屋に向かい、カウンターにお金を置いて道具を貰ってきた。

ちなみに本には、めちゃくちゃ毒薬について書いてあった。これが貴族のためのって……貴族怖い。勿論、解毒作用のあるポーションについても書いてあったので、それを参考にして薬を作った。

それからしばらくの日々、少しずつ魔力吸収《マギカドレイン》で魔力を排出させたり、体に負担がないよう弱めの解毒ポーションを作って飲ませ続けたりした。

ちなみに、俺も吸い取った魔力でいっぱいいっぱいになってしまうので、消費するためにツクヨミ先生監修のもと、魔法の練習をしていた。

あと、あの女の人が栄養を取れるように、記憶する森で採取した森林蜜蜂《フォレストハニービー》――蜂の魔獣の蜂蜜、森林蜂蜜《フォレストハネー》と、藻塩と柑橘《かんきつ》系の果物で、経口補水液を作ったり、重湯《おもゆ》を作ったりした。

気道に入らないよう、この体で食べさせるのは大変だったが、自分の親にできなかった介護だと思えば、そう辛いものでもない。

ただ一つ、困ることもあった。

それは服だ。

彼女は元から着ていたボロボロのドレスを身にまとったままで、流石にそれをそのままというわけにもいかなかった。だが、妙齢《みょうれい》のお嬢さんを着替えさせるのもなぁと、中身おじさんの俺は躊躇している。

『生まれて数年の幼児《おさなご》に裸を見られたからと言って、気にする女《ひと》はいないと思いますけどね。自分の子供ですし、下の世話もしていますし』

なんてツクヨミは言っていたけど、俺の気持ちの問題である。下の世話は、浄化の魔法でなんとかなるしさ。

大人を着替えさせるのもこの身では辛いし、しばらくこのままで勘弁してください。

「ふふふふんふふふんふふーん♪」

薬草、ロニサラの花、ホチニアの葉、シャイズンペタ草にラビジ草。ルゥムンの実をすべて細かく細か～く切って、魔法で作り出した水を入れた大釜で、自身の魔力を入れつつゆっくりかき混ぜていく。目安は水が半分になるまでだ。

「デトックス～デトックス～毒素を排出～♪」

魔力を細くゆっくりゆっくり注入しながらじっくり煮込むこの作業は、最初は加減がわからず中々厄介だったが、あれから何度か作った今ではコツを掴んだ。

『那由多は調剤薬師の才能も満ち溢れていますね～♪』

「先生が良いからかなぁ～、将来選択肢が増えることは良いことだ～♪」

『良い生徒を持って私は鼻が高いです～♪』

ツクヨミ鼻あるのか～と考えつつ、仕上げに聖属性の魔力を入れてピカッとなったら……

「解毒薬の出来上がり～！」

早速仕上がった解毒薬を瓶たちに詰めていき、一つ分を掴んで、眠れる我が若き母君の元へ行く。

満身創痍だった数日前と比べ、紙のように真っ白だった顔色は随分良くなったけど、まだ起きる気配はない。

浮遊《レビテーション》の魔法で頭を上げて、少しずつ小さじで口に含ませる。

『那由多』

「ん？　どうした？」

『そろそろお客様がおいでですよ』

そういえば血縁の人たちが、って言っていたな……

「ツクヨミ、案内ありがとう。迎えに出るよ。あー。でもこの姿で大丈夫かな？」

幼児が空飛んでお出迎えとか……

『んー。まぁとりあえず迎えに行けばわかりますが、どっちもどっちだし多分大丈夫だと思いますよ』

なんだそれ。どっちもどっちって失礼じゃね？

しかし、アンダーザローズを出て、【妖精の箱庭《ザ・シークレットガーデン》】の門《アーチ》まで出た俺は、驚きに身が固まっていた。

目の前にいるのは、ふっさりとした毛皮に包まれた、お座りした巨大な犬……いや巨大な狼の群れだったのだ。

血縁って言ってたよね？　アネットさんがライカンスロープになってたってことは、親も狼だとかそういうことなのか？

思わず固まった俺は、数分そうしていたのだが、ハッと正気に戻り、狼たちに敵意がないことを確認する。

なにせ、敵だったらこの数分で襲ってきていただろうしな。

ともかく、彼らがここに来た目的であろう、アネット・グラキエグレイペウスさんがここにいることと、まだ目覚めていないことを告げる。

そしてついてくるように伝え、アンダーザローズまで案内してゆく。

狼たちは物珍しげに、城郭遺跡をキョロキョロと見回している。中でも比較的小さな狼は、好奇心が強いのか、あっちに行ったりこっちに行ったりして、最終的に一番大きな狼に首を噛《か》まれて運ばれていた。小さいって言っても、大型犬――セントバーナードくらいはあるんだけどね。

俺はそれらを横目で見つつ、狼たちの住処を考える。

アネットさんが目的なんだから、少なくとも彼女が起きるまでは滞在することになるだろう。

え……今から犬小屋作る？　……え？　狼って犬小屋で良いの？　巨大すぎない？

というか俺の血族が狼なら、俺も大人になったら狼になるの？？

思考の海に潜水をキメ込んでいたら、ツクヨミが、もうもうもうもうと牛になっていた。

『もう！　ですから普段から【神眼】使えばって言っているのに。彼らは呪いで獣の姿にされているんですってば』

『あ。そっか。衝撃的すぎて忘れてたよ』

『もー！』

再び牛になっているツクヨミに謝りつつ、【神眼】で改めて狼たちを見る。

まずは先頭のサラブレッド並みに大きい狼から……

▼氷河狼《コンゲラティオウルフ》　♂
　名前　ランガルト・カルテンボルン＝グラキエグレイペウス
　年齢　38
ノートメアシュトラーセ帝国グラキエグレイペウス元公爵家当主。

ノートメアシュトラーセ帝国で長きに亘《わた》り盾として国を守ってきたが、皇家を謀ったとして廃爵された。
ライカンスロープ化した第一子アネット・グラキエグレイペウスの強い懇願の声を頼りに、生き残った一族の者と記憶する森を攻略、【妖精の箱庭《ザ・シークレットガーデン》】に辿り着く。
現【那由多】の体を産んだ者、アネット・グラキエグレイペウスの父。

状態
魔獣になる呪い、魔力枯渇、衰弱

おっふぅ……！　三……三十八……!!　俺の息子と言ってもギリ差し支えない年齢の男が祖父に……

那由多ハ、精神的ダメージヲ、負ッタ！
いや！　ちょっと動揺したが、状態の欄にある呪いが気になるな。

魔獣になる呪い
妖精族・獣人族の呪い。
惨《むご》たらしく悲劇的にこの世を去った者たちの、混じり合って凝縮された怨嗟《えんさ》の呪い。
呪いをかけられた者の魔力の強弱にて相応の魔獣に変化する。

▼解呪方法
【鎮魂】この世を去った者の魂を鎮め、あるべき場所へ送り届ける〔徳ポイント150追加〕
【呪詛《じゅそ》返し】呪った相手に100倍返しだ！〔徳ポイント1追加〕
【そのまま】なにもしない〔徳ポイント5減少〕

これ、アネットさんの方もちゃんと見直したらこういう表示があるのかな？

『というか……状態の欄に空腹って表示が増えたな……』

そう、俺が呪いについて見ている間に、表示が増えたのだ。

『しばらくの間何も食べていなかったみたいですね。魔獣の体だから耐えていますが……気が休まって空腹を覚えたのでしょう』

『森には果物もたくさんあったんじゃないのか？』

『それはそうですが。那由多は記憶する森にいた時、聖域結界《サンクチュアリー》で護られていましたが、彼らは常に闘って移動していたはずです。昼夜問わず、逃げたり闘ったりして、休む間もなかったのかもしれません。レベルが高い魔獣や魔物がわんさかといますからね』

『あ……失念してた。そうだよな……俺も最初この森に来て、ただ暗かっただけなのにめちゃくちゃビビってたし……ツクヨミがいてどれほど助けられたか』

とりあえず他の人？　たちの鑑定は後にしてアンダーザローズへ急ごう。

パッと見、色々な種類の狼たちがいる。魔力の多い少ないで種族が変わるって話だったけど、こんなにも違いがあるのか。

俺の体を産んだ母親は、魔力過多の影響で狼女になったのかもしれない……

大人数だったので、俺がいつも使っているジオラマ部屋を通らず、遥か昔に一般の人が使っていたという街へ繋がる魔法陣をツクヨミに教えてもらい、そこからアンダーザローズに入った。

街への魔法陣は、壊れているものと使えるものがあるらしく、ツクヨミが一個一個調べてくれていたみたいだ。俺の魔力を使って……

移動先の設定も自由にできるようで、俺の家にほど近い所に書き換えてくれたそうだ。

でもこの人数……というか頭数？　数えたら四十八人いたけど、俺んち入るかな……

けっこう頑張って住みやすくはしたけど、そんなに大きな家ではないんだよな。

庭はスペースがあるから、そこでとりあえず何か食べてもらうか……【黒妖精の穴蔵《フマラセッパ》】でたくさんパンとか食料買っておいて良かったよ。即席キャンプ飯だ！

ちなみに、狼なのに普通の食事で良いのかと思ったけど、ツクヨミ曰く何でも大丈夫らしい。

「よいっしょっと」

俺は収納から、レッサートレントとかいう巨木の魔物の死骸を取り出す。

これ、神棚を作る木材に良さげだな～と思って狩ったんだけど、『その木は嫌です』ってツクヨミが言うので、持て余していたんだよね。

それを風魔法のウィンドカッターで半分の長さに切って、縦に二つに割る……かまぼこみたいな形だな。それを飛行魔法《フロトスラスト》で等間隔に四つ並べてみた。

レッサートレント製の即席ガーデンテーブル。テーブルクロスはないけれどなかなかの出来だと思う。

それから焼き場を作って、コカトリスのもも肉や森林魔牛《フォレストブル》のサーロインに肩ロースなど、あらゆる部位を出し、どんどん焼いていく。焼けたところからこそげ取るドネルケバブ方式にした。

ソースは簡単に醤油、森林蜂蜜《フォレストハネー》、記憶する森で採った林檎《りんご》、ニンニク、生姜《しょうが》、ネギで作った。胡《ご》麻《ま》油《あぶら》があると良いんだけど、ないものは仕方がない。

それにしても、魔法で微塵《みじん》切りにすると早い早い。

空腹の人にいきなり肉とか固形物とかって大丈夫か？　ってツクヨミに聞いたけど、体が魔獣だから大丈夫だって。

狼たちは驚いているのか、呆然としたり、尻尾を内股に入れたりしている。驚かせてすまんと心の中で謝った。

そして記憶する森で採りまくった果物や、【黒妖精の穴蔵《フマラセッパ》】で購入したパンなど、すぐ出せるものをレッサートレントのガーデンテーブルに出した。

「一人暮らしだったので、充分なおもてなしはできませんが、遠慮せずにどうぞお食べください。アネットさんは寝ているので、まずはこちらでお腹を満たして、後程代表の方をアネットさんのもとへご案内いたします。メインのお肉が焼けるのはもう少しかかるので、パンと果物が先になっちゃいますが、毒は入っていませんので」

俺はそう言って、毒味もかねて、出したものを少しずつ食べて見せ、食べるように促す。

「ガウガウ《なぜアネットのことを……いや、尋ねても通じぬか。とにかく、かたじけない。皆の者、ご厚意に甘えて馳走になろう》」

そう一番大きな狼が頭を下げながら言うと、一斉にみんなパクパク食べ始めた。お腹空いてたんだな……

というか、耳にはガウガウ聞こえるんだけど、何を言ってるか理解できて驚いた。不思議な感覚だ。これも【言語翻訳】スキルのおかげだろう。

でも流石貴族というのか、小さな狼以外みなキチンとお座りして上品に食べてる。

小さな狼は大きな狼の横でテーブルに乗り上げて、尻尾を軽くフリフリしつつバクバク食べてる。と思ったら大きな狼から教育的指導が入った。

「ガウ！」

「キューン」

あ……そうか。小さな狼はお座りしたら届かないんだ。これは俺が悪い。すぐさま俺は切株を用意して小さな狼の横に置いた。

「良かったら使ってください」

「ワウ！」

ありがとうって言ってくれたのかな？

小さなふわふわ狼にほっこりしながら、どんどん肉を焼く。焼き場以外にも、魔法で上から下から焼いて焼いて焼きまくった。

最終的に、コカトリス二十羽分のもも肉、森林魔牛《フォレストブル》二頭分、【黒妖精の穴蔵《フマラセッパ》】で購入したパン全部と、俺の作り置き精進《しょうじん》料理たち……茄子《なす》の煮物とか大根の煮物とかきゅうりの味噌漬けとか……あと経口補水液のストックとか薬草茶を振る舞い、狼たちは満足したようだ。

突然扶養家族が増えたパパの気持ち。

「申し訳ないですが、今日一日だけこの敷地で野宿でも大丈夫でしょうか？　この街というか……私の家周辺の敷地は安全ですので。必要ならば明かりの魔道具を持ってきますし、焼き場の薪もこのままで構いません。お手水は、この先の畑にあります。あとあそこに見える森にしていただいても構いませんので」

「ガウゥガウ《構わない。そなたには獣と通ずるスキルが……いや。伝わるかはわからぬが、改めて何から何までかたじけない》」

「大丈夫です、おっしゃりたいことはなんとなく伝わりますし、これも何かのご縁ですから。それと、アネットさんのもとへご案内する数名を選んでいただきたいのですが……」

最終的に彼らとどういう関係になるかわからないので、スキルのおかげで完璧に言葉が通じていることについては曖昧にしておいた。

そして代表者を選ぶように言うと、目の前の大きな狼が頷いた。

「ガウガウ《私が行こう。後の者はこの敷地で各々好きに過ごすが良い》」

「キャン《私も、お義姉《ねえ》様に会いたいです》」

「ガウッ《お前は大人しくここにいなさい》」

小さな狼が、代表となった大きな狼に叱られた。

「クゥ～ン」

くっそ！　潤んだ瞳でプルプル震えて俺を見ないでくれ……

『あざといですね～』

『畜生。小さい《やっ》狼を見てると何かしたくなる。コレが萌えというやつか』

『那由多は意外に、もふもふ好きなんですね……』

確かに実家に行くたびに犬をモフっていたが……好きと言われると……うん好きだな。動物全般嫌いじゃない、と思う。

「えっと……構いませんよ……そちらの方もご一緒ください」

「ガウ……《やはりこの者、なんとなくではなくハッキリと我らの言葉がわかるのでは？　顔もどこかで……いやまさか……》」

「ワウ！《やった！　ありがとう！　ちっさい人》」

「ガウ！《お前というやつは！》」

ちっさい人扱いされてしまった……まぁ本当のことだけどね。

「お気になさらず。こちらへどうぞ……」

そう言って俺は、二人を家に案内する。

あ。浄化かけとこっ。

浄化をかけると、大きい狼と小さい狼は、輝く雪原のように真っ白になった。光に透かすと、俺の髪の毛のような青みもある。

出会った時は灰色っぽかったけど、汚れていただけだったようだ。

二人とも浄化に気付いたのか、小さい狼は自分の体を見ようとくるくる回って、大きな狼の方は綺麗になった小さな狼を見て驚いていた。

「ガゥ《浄化の魔法……》」

「突然魔法をかけて申し訳ありません。我が家は入口のここから土足厳禁なので、浄化をかけさせていただきました。こちらへどうぞ」

「ガウガウガゥ《……いや。こちらこそ随分と汚れていたようだ。感謝する》」

「キャンキャン！《体が真っ白になった！　すっごいスッキリしてるよ！　ありがとう！》」

平屋の我が家を……まぁ、案内するほど広くはないが、案内をする。

入口の右手の小さなキッチン、一人掛けの小さなダイニングテーブルの反対側、左手奥にあるベッドを占領している、眠れる城……ではなく平屋の美女の元へ。

大きな狼は小走りになり、美女の枕元へ行き、顔を確認する。

「ガゥ……ガウガウ《アン！　呪いがなくなっているのか……？　しかしこんなにやつれて……》」

「クゥーン《お義姉様《ねえ》!!　無事で良かった……》」

小さい狼は、ベッドの縁へ両前足をかけ、ピスピス鼻を鳴らしながら目を潤ませていた。

「彼女がこの城郭都市《ザ・シークレットガーデン》に来た時は、人狼《ライカンスロープ》の姿で満身創痍でしたが、傷を治すと命の危険がなくなったせいか、その姿になりました。長年魔力過多と毒に侵されていたようですので、魔力を少しずつ抜いて解毒薬と水分、あと重湯を飲ませているのですが……未だ目覚めず……」

「ガゥ⁉　ガゥ……ガウガウ……ガゥ《何⁉　不思議な土地だとは思っていたが、城郭都市《ザ・シークレットガーデン》だと⁉　あ……いや。娘が世話になった……父として礼を言う。しかし魔力過多に毒まで……》」

大きな狼は項垂《うなだ》れ、瞳を潤ませながら娘を見る。

「この体では着替えさせることも叶わず、申し訳ないです」

『ヘタレなだけじゃないですか』

『ツクヨミはお口チャックだな』

せっかく人が丁寧に謝っているのに、ツクヨミが茶化してくる。

「ガゥガウガウッ《ここまでしていただけただけでも感謝に堪《た》えぬ。外に血族の末端の侍女がいるから、その者に任せられるのだが……この獣の身をなんとかしなければ……》」

大きな狼の言葉に、なぜかぞわっとする。

『おわっ！　侍女って聞いて全身鳥肌がたったんだけど！　ヒィー！　さぶいぼさぶいぼ。この体と侍女って因縁でもあるのか？』

『ん〜。記憶を読む限り、随分ぞんざいに扱われていたようですね。とりわけ……那由多の体の母親付きの元上級侍女に。その侍女はそのまま側妃の座について、今では皇妃に格上げされてブイブイ言わしてるみたいですが……この狼の記憶を見るに、糞女神もソレに関わっているようだし……

随分ひどいことを。俗世に干渉が過ぎる……』

　流石ツクヨミさん、何でも知ってるな。

『ブイブイって……てかツクヨミも糞女神呼びが移ってるし。ま～た糞女神が関わってんのか。あいつ、ほんっっっとうに碌なことしないなマジで。この獣化の呪いも糞女神のせいか？』

『神は呪いません。人が人を呪うのです。■■■は補助……いえ、きっかけを与えたに過ぎませんね。まぁ碌なことをしないことは確かですが』

　確かに。人が人を呪い、神は約束を守れなかった人間を祟《たた》るだけだ。しかし呪いね……んー。

　呪い……引っかかるなぁ……呪い……呪い……んー。

……あ。そうだ！　丁度ノーリさんに依代で頼んだのがあったわ！

　俺、持ってるモノがあるなぁ！　ツクヨミのおかげかも。流石ツキを呼ぶ神様の名前を冠《かん》しただけあるよ、名付けたの俺だけど！

「もしかしたら、その呪い……もしかしたらですが、なんとかなるかもしれません」

「ガウ!?《何と!?》」

「今、【黒妖精の穴蔵《フマラセッパ》】で頼んでいる道具があるのです。それを使えばあるいは……ですが、今すぐにどうこうできないし、呪いを解ける確証がないので、他の方には言わないでいてもらえますか？」

　少し悩んだ様子を見せながら、大きな狼が口を開く。

「……ガウガウガウ《……了解した。しかし【黒妖精の穴蔵《フマラセッパ》】の住人と交渉ができるとは……貴方は高名な妖精族なのでしょうか？》」

「いえ。私自身はいたって平凡な、人に属する者です。ちょっとしたご縁がありまして、ドワーフさんたちにあるものを作っていただいているんですよ。期待させて申し訳ありませんが、やってみる価値があると思うので。一ヶ月程度で仕上がる予定ですので、それまではこの地で療養を兼ねてお休みください」

「ガウガウ、ガウガウガゥ《人族とは……いや、世話をかけてすまない。恩にきる。呪いのこともなんとかできそうなら試してほしい。無実の罪で祖国を追われた我らに、行く場所などないのでとても助かる》」

そう言って頭を下げる狼。

ふと、先ほどから静かだなぁと思って小さな狼を見たら、ベッドの縁に乗り上げた前足に顎を乗せ、立ったまま器用に寝ていた。

お腹いっぱいになって、記憶する森を抜けた緊張もほぐれて、この女の人に会って安心して、眠くなってしまったんだな……

「ガウ……《こいつときたら……》」

「良かったら、貴方もこちらでお休みください。娘さんのことも気になるでしょうし」

「ガウ《しかし……そなたは……》」

「私はそこのソファーに寝ますのでお気になさらず。貴方たちは床の上になっちゃいますけど」

俺はそう言って大きな狼に退いてもらい、【黒妖精の穴蔵《フマラセッパ》】で購入した厚手の絨毯を、ベッドのすぐそばに何枚か広げる。

ゴブラン織のようなクッションを幾つかポイポイ出し、小さな狼をそっと魔法で横たえ、どうぞどうぞと大きな狼も絨毯へ促した。

「ガウガウ《何から何まですまない……どう感謝を伝えれば良いのか……》」

「充分感謝をいただいていますよ。コレもご縁ですし。遠慮なくお過ごしください。私は少し外の様子を見てきますね」

そう言って俺は、自身の家を親子たちへ譲り外に出た。

祖国で何があったのかはわからないが、今は親子水入らずでゆっくりしてほしいって思ったんだ。

閑話～北の帝国のお話3～

十年前――

皇太子殿下のお披露目のお茶会ということで、近しい年の子息令嬢が呼ばれることになりました。

私《わたくし》――グレモリー・ヴァニタインは、皇太子殿下にほど近い席を賜りましたのよ。

我が家は公爵家ですもの。皇族の席に近いのは当たり前よね。

皇太子殿下にお近づきになって、気に入ってもらえたら未来の婚約者か側近に抜擢《ばってき》されるのですって。

私、皇太子殿下に気に入っていただけるよう、たくさん話しかけましたの。

我が公爵家の財力、武力、そして外に出たことのない温室育ちの皇太子様に、いかに民が愚かで、虫ケラのように頭を地につけるか、お話を御披露して差し上げましたのよ。

ですがそのお話の途中、皇太子殿下のお隣にいらっしゃった皇妃殿下は、開いた扇子を口元に持っていき、眉根を寄せてらっしゃいました。

そうよね、下賤《げせん》な民の話などこの場《お茶会》には相応しくなかったわよね。

そうだわ！　この前お父様にいただいた宝石のお話でもしましょう。下賤な商家の娘が持っていたから、私にこそ相応しいと思ってお父様に相談したの。

「……それで、お父様はその下賤な商家の娘を……」

「ねぇ、ヴァニタイン公爵令嬢……」

私がお話をしていると、横合いから声をかけられました。

「あら何かしら？　グラキエグレイペウス公爵令嬢。私《わたくし》と皇太子殿下と楽しくお話ししてるいところに水をさすなんて、無礼ではなくて？」

それは、同じ公爵家の令嬢として、私《わたくし》と対面の同じ位置に居座っている、グラキエグレイペウス公爵令嬢でした。

「貴方……今のままではいけないわ……」

そんなことを急に言われて、私《わたくし》は目を丸くしてしまいます。

「は？」

「そのままだと、遠くない未来とても良くないことが起こるわ」

「貴方、何をおっしゃっているのかわかりませんわ！」

せっかくの皇太子様とのお茶会が台無しですわ。楽しくおしゃべりしている皇太子殿下と私の仲を嫉妬《しっと》したのね。

お可愛らしいことだけれど、水をさされたことは許せないから、お父様にグラキエグレイペウス公爵家へ抗議していただきましょう。

ですがその後、皇太子殿下とグラキエグレイペウス公爵令嬢の婚約が発表されました。

何なの……何なの……!?　あの女、グラキエグレイペウス公爵令嬢……皇太子殿下に興味がないフリをして、私のいないところで言い寄っていたのね。

なんて陰湿な女なのかしら。だからあんな会話に水をさすような邪魔をしたのだわ。

許せないわ……絶対に……私を愚弄して……必ず……!!

そして十年後、現在――

「・・・・アンタのあの子に会いたければ、ワイン《それ》を飲めば願いが叶うわ！　良かったじゃない。貴方たち、さっさとワイン《それ》を飲ませなさい！」

使えない侍女たちを促し、あの女にワイン《あれ》を飲ませるよう、指示を出す。

数人がかりであの女を押さえつけ、口元にグラスをあてがい無理やり飲ませた。

私の口元には笑みが広がる。今まで生きてきて、これ以上気分が爽快《そうかい》になったことはない。

コレで邪魔な女は排除できる。

長かった……長かったわ。私の心は高揚していた。

「……貴方、私《わたくし》が昔言ったことを忘れてしまいましたのね……」

すっかり気がおかしくなったはずの后妃が、こちらを見据えてそんなことを言いました。

「は？」

「そのままだと、遠くない未来良くないことが起こると」

私はその言葉に返すよう、あの女の頭の上で瓶を傾け、中身を注いであげましたわ。

「私は今、とっても幸せよ？　皇帝の御子も授かったし、アンタと違って良いことしかないわ！その女を広間へ連れていってちょうだい！　今日がその女の最後の日よ！」

私は高らかに笑いながら、近い未来必ず手に入れるであろう愛と、絶対的な権力に愉悦を感じていましたの。

幼児×従魔

家からそぉっと外に出た俺は、庭を見やる。

所々に転々と、狼団子や単品のワンモナイト——丸まって寝ている狼が転がっていた。

ワンモナイトを見ると真ん中のキュッとした空間に手を入れたくなるのは何でかな？　と思いつつ、この人たちは人間だぞと我慢する。

皆さん、過酷な旅で心身共に疲弊していたんだな。浄化の魔法をかけて……うん。綺麗になった。ゆっくり休んでください。

さて。狼たち御一行様は疲れて眠っているけれど、まだ真っ昼間だ。

夜ご飯の準備に取り掛からねばなぁ。何が良いかな……シチューとかスープ系は、獣の姿だと舌が熱そうだしな……うーん。

焼肉と、かぶっちゃうけど、肉のローストでも良いか……あ。そうだ。転移で【黒妖精の穴蔵《フマラセッパ》】まで行って、パンとかお惣菜《そうざい》買ってきちゃおう。

ついでに、アンダーローズ内の小麦とか野菜とか、収穫できるものを収穫しちゃおう。

これだけあれば、自分でパンも作れそうだけど、ただ酵母がないからな……林檎やベリー類でも使って酵母を作るチャレンジするのも楽しそうだけど、今は大所帯なので買った方が早いかな。

商業ギルドで魔物のアイテムやなんかも売れれば資金も得られるし。

そんなことを考えながら家に戻って、肉塊にハーブと塩をすり込んでおく。ちなみに手が小さいから仕込みに時間がかかるので、空魔法で手を形作る魔法——不可視の手《マジックハンド》を駆使して、処理しておいた。

俺が部屋でゴソゴソやっていたせいか、大きいのと小さいワンモナイトだった狼たちが起き出してしまった。ありゃりゃ。

「ガゥ？《どこかに出かけるのか？》」

「はい。ちょっと買い物に行こうかと思いまして。夕方前には帰ってきますよ」

「ガウ？《この辺りに買い物ができるような街があったか……？》」

「キャン！《私も行きたいです！》」

首を傾げる大きな狼の横で、小さな狼がはしゃいでいる。

「えーっと……良かったら一緒に行かれますか？」

俺の言葉に、二匹は顔を見合わせてから頷くのだった。

狼たちを案内したのと同じ道を使ってアンダーザローズを出て、空間転移にて【黒妖精の穴蔵《フマラセッパ》】の入国用の門のほど近くまでやってくる。

狼たちは転移の魔法に興奮し、目の前が【黒妖精の穴蔵《フマラセッパ》】だと気付き、また興奮していた。

「ガウ……ガウガウ《なんてことだ……転移魔法がこんなに簡単に……しかも山に囲まれた天然要塞の【黒妖精の穴蔵《フマラセッパ》】に苦労もせず簡単に辿り着くとは……》」

「キャンキャン！《あはは！　すごい！　あっという間に人がたくさんいる街へ着いちゃったよ！》」

ちなみに、入国に並ぶ人々の最後尾に並んでるんだけど、大きな狼と小さな狼を連れた、ふわふわ浮かぶ小さな人……すなわち俺だが……のグループは周りの人々の注目を一身に受ける。

まあ、狼たちは我関せずだけどね。

どんどん入国の列は捌かれていき、俺たちの番になった。

「おう！　痩せっぽっちのチビじゃねえか！　えっと……そうだ！　ナユタだったな！　どうした？　こんなに早く来るなんて。忘れ物か？」

【黒妖精の穴蔵《フマラセッパ》】への入口、通用門には、前回と同じく門兵のヴィルヴィルさんがいた。

大きい狼が言ったように、天然の要塞たる【黒妖精の穴蔵《フマラセッパ》】に短期間で来る者は稀《まれ》らしい。

近くに宿場町なんかもないから、注文品が仕上がるまでこの街に留まる人も多いみたいだ。だから宿屋はいつもいっぱいだし、朝食の屋台もたくさんあったんだな。

そうだよな……標高が高い山のど真ん中に街なんかないよな。深海にも宇宙にもいける科学があっても、富士山だって簡素な山小屋が精一杯だし。しかもここは断崖絶壁の山々に囲まれた渓谷の底だ。

「ヴィルヴィルさん、こんにちは。今日はちょっと食料品を大量に購入しようかと思いまして。どこかおすすめの食料品屋さんは有りますか？」

「うーん。孤児院でパン作りとか頼めばやってくれそうだが。すぐとなるとなぁ……」

「孤児院ですか……しばらく定期的にパンも頼みたいので、そちらでもお願いしようかな……」

「お？　そうか？　じゃあこちらから紹介の連絡入れとくよ！」

「お願いします。商業ギルドに寄って、品物を卸してから伺います」

「わかった！　商業ギルドなら大口の食料を取り扱っている店もわかると思うぞ！」

「はい。ありがとうございます。ではこちら通行税になります。三人分で大銅貨を九枚で良いですか？」

確か前回は一人、大銅貨三枚、３０００リブラだったはずだ。

「三人？　おお！　その氷河狼《コンゲラティオウルフ》と氷牙狼《グラキエコルヌウルフ》か⁉　北の魔獣をテイムしたのか？　従魔――テイムした魔獣ならば大銅貨一枚だ！　ギルドでテイム証明――従魔だって証を貰った方が良いぞ！」

「えっと……」

ヴィルヴィルさんの言葉に、狼たちを見る。

「ガウガウ《テイムされた魔獣扱いで構わない。どの国でもそうした方が厄介なことにはならぬ》」

「じゃあ、テイムしたということで……申し訳ありません」

ヴィルヴィルさんに聞こえないよう、こそっと謝る。

「ガウガウ《我らがついていくと言ったからな。街に行くのならばテイムされた魔獣扱いされるのはわかっていたことだ》」

頷く大きな狼を見て、ヴィルヴィルさんに大銅貨五枚を渡した。

いつか来た時と同じように門をくぐる。

小さい狼は感嘆《かんたん》の声を上げてキョロキョロしながら、街までの道を楽しんでいた。ちょっと危なっかしいなと思っていたが、大きな狼が首根っこを咥《くわ》え、自身の背中に投げた。

「⁉」

「ガウ《ナユタ殿も私の背に跨《また》るが良い。従魔は常に主人と共にある》」

ヒッ！　俺に元公爵様のお背中に乗れとおっしゃるのですか⁉

なんて恐れおののいていると、ツクヨミの気楽な声が聞こえる。

『那由多のお祖父《じい》ちゃんなのだから、お祖父《じい》ちゃんにお馬さんしてもらってる感覚で良いのでは？』

『ちょっとツクヨミさん。それとこれとは違うと思うんですよ⁉　確かに馬みたいに大きいけれど』

なんて話していたら、会話が聞こえていない大きい狼が首を傾げる。

「ガウ？《どうかされたか？　ナユタ殿》」

「は！　いえ……喜んで跨らせていただきますぅ」

『声が裏返っていますね！』

『だまらっしゃい！』

俺はツヤツヤフッカフカな大きな狼の背に、小さな狼と共に跨って、商業ギルドを目指した。

「キャンキャン！《お義父《とう》様のお背中、とってもふかふかです！》」

「ガウ《そうか》」

狼親子の会話をほんわか聞きながら、そういえば小さい狼のことを鑑定してないな……と思いながらそっと見てみる。

さっきヴィルヴィルさんが氷牙狼《グラキエコルヌウルフ》って言っていたけど……

▼氷牙狼《グラキエコルヌウルフ》　♂

名前　ティーモ・グラキエグレイペウス
年齢　10
ノートメアシュトラーセ帝国グラキエグレイペウス元公爵家子息。
グラキエグレイペウス公爵家の一人娘アネットが皇太子の婚約者となった時、グラキエグレイペウス公爵家の嗣子として、遠縁より引き取られた。
父、イェレヴァン・シュルツ、母、ベローナ・シュルツともに死亡。

状態
魔獣になる呪い、高揚

ティーモ君か……男の子だったんだな。

アネットさんの弟になるから、俺にとっては叔父《おじ》さんに当たるのか？

実のご両親と離されて寂しかったろうな、って両親ともお亡くなりになってる。呪われてもいるし……十歳にして何という過酷な……

『那由多も、中々過酷な人生を送っていると思いますけどね』

『俺は呪われてないし、ツクヨミがいるから助かってるよ』

なんて話していたら、目的地に着いたらしい。

「ガゥ《商業ギルドに着いたぞ》」

「あ！　ありがとうございます」

俺は鑑定をやめ、ふわふわ浮いて商業ギルドに入る。

受付へ行くと、前回、上級商人用個室へ案内してくれた女性がいた。

「こんにちは、ナユタ様、本日はどのようなご用件でしょうか？」

「こんにちは、今日は買い取りと、すぐ食べられるような食品を少し多めに仕入れたいと思いまして」

「かしこまりました、商談用の個室をご用意いたしますので、ご案内させていただきます」

「わかりました。あ！　あとテイム証明は商業ギルド《こちら》でもできますでしょうか？」

「テイム証明もこちらで請け負えます。書類とテイム用リングをお持ちいたしますので、こちらも個室でご案内させていただきます」

「ありがとうございます」

今回は、前回と違って普通の、何というか安心できそうな個室に通された。

まず森で狩った魔物や魔獣の買い取り用アイテムをどんどんどん出していき、査定してもらう。その間に、テイム証明の登録とテイム用リングを選んだ。

選んだと言っても本人？　たちの意見で選んだわけだけど、街にいる間はずっと着けてないといけないみたいだ。

二人は青と水色の、色違いでお揃いの腕輪にしていた。ティーモ君は、『お義父《とう》さんとお揃い』ってはしゃいでいたよ。

ついでに、受付の人にテイム証明書を作るうえで大切だと言われて、従魔たちと意思疎通はできているか聞かれたから、ちゃんと「はい！」って答えておいた。

査定はまだかかるそうなので、先に食料品の仕入れ先を聞くことにする。

【黒妖精の穴蔵《フマラセッパ》】では、アンダーザローズと同じような仕組みで、地下の空間を操作して、田畑や家畜などを飼育しているそうだ。まあ、そもそも【妖精の箱庭《ザ・シークレットガーデン》】を作った一族なので、そういう技術があってもおかしくないか。

ただ、それほど潤沢《じゅんたく》ではなく、すぐ食べられるような食料を大量には取り扱っていないそうだ。料理屋などで少量ずつ買ってはどうかと提案された。

そうだよな……周り断崖絶壁だし、魔獣や魔物の肉とかの買い取りは喜ばれたもんな……今回は料理屋を回って少しずつ買っていこう。

あ。買い取りはこんな感じだったよ。

大小の風の魔石	10個	大銀貨6枚
大小の水の魔石	10個	大銀貨8枚
大小の地の魔石	10個	大銀貨6枚
フォレストウルフ	10体	大銀貨2枚
オーク	15体	金貨1枚

アウルベア	8体	大銀貨5枚、銀貨8枚
コカトリス	15体	大銀貨4枚、銀貨5枚
フォレストモンキー	5体	大銀貨1枚
ロック鳥	3体	金貨1枚
オーガ	2体	金貨1枚、大銀貨5枚
ブルーブラックサーペント	10体	金貨5枚

１１７３万リブラの売り上げになった。

蛇《へび》の魔獣——サーペント系の買い取り額が高いのは、品薄が続いたのと、傷一つない高品質さのおかげだそうだ。それに加え、ブルーブラックサーペントはかなりレアな個体で中々お目にかかれず、かなり高額の取引になったようだ。

確かに、見る位置によって、青に見えたり黒に見えたりする美しい皮だ。

今、俺の目は、漫画だったら絶対に円マークがついているに違いない。

寝そべっている狼たちは元がセレブのせいか金額には動揺をしてはいないけど、売りに出した魔物や魔獣に傷一つないことにビックリしていた。

高額の取引を終え、俺たちは料理屋のリストを貰って、先ほど入国の時に聞いた孤児院へ向かった。

向かっている途中、魔法のバッグのことを聞けば良かったと思い出す。まぁ、また来た時に聞こう。

街並みを見つつ、孤児院に行くと、ヴィルヴィルさんから連絡が通っていたのか、エプロンをかけたふっくらしている女性の出迎えがあった。

髪と目は明るい茶色で、年のころは中年と言ったところか。

大きな狼二匹に小さな人一人だから、すぐわかったようだ。

「こんにちは、ナユタさんでしょうか？」

「こんにちは、はい、ナユタと申します」

「私は、この孤児院にいる孤児たちの世話役のヒラリと申します。この度は当院にご注文をいただけるとか」

こんな小さな人が？　と感じてはいるんだろうが、全く表に出していない。

「はい。二、三日に一度で良いのですがパンと……あとできればお惣菜を作っていただけたらなと思いまして。ヴィルヴィルさんにお聞きしたら、孤児院でパン作りを請け負ってくれるかもってことでお伺いしました」

「なるほど。ただ、こちらで請け負うことは可能なのですが、材料を揃えることが難しく……申し訳ありませんが……」

おっと！　そうだよな。予算もあるだろうし突然大量に買えないよな。

って、アンダーザローズで刈り取った小麦があったわ……平家を設置した時、同時に設置した水車で試しに挽《ひ》いたんだけど、その粉が収納に入っていたはず。

「ああ、気が付かないで申し訳ありません。勿論材料は、こちらで毎回お出しできますし、前払いで支払いをしても大丈夫ですよ。勿論余ったものは孤児院の皆さんでお食べいただいても構いませんし」

俺がそう言うと、ヒラリさんは表情が明るくなった。

「ああ、とても助かります。最近北の帝国から逃げてくる妖精族や獣人族の子供が多く、経費を切り詰めていたもので……子供たちにも充分に食べ物を与えられず……」

「ガウ……《すまない……私がもっと早く事を起こしていれば……》」

「キューン《お義父様《とう》……》」

どうやら大きい狼は何か知っているようだが……あとで覚えてたら聞いてみようかな。

「……どこか材料を出すところはありますか？」

「こちらの方へお入りください」

そう言って孤児院のキッチンと、その横にある倉庫に案内された。

そして自分が頼むものとは別に、小麦粉を三袋と長細いお米二袋、肉塊に根菜、森で採れたフルーツなどをどんどん出していく。

ヒラリさんはとっても驚いていたが、これで子供たちに食べさせてあげられると喜んでくれた。

それから細かい依頼の話に移ったのだが、すぐに話はまとまった。

とりあえず二日に一度、五十人前×６のパンと、多めのお惣菜を取りに来ますってことでお願いしておいたよ。大量ですみません。

報酬は食料をいただいたからって遠慮されていたけど、働いた対価は必要だと思うので受け取り時に払いますって言っておいた。だって三百人前強とか、かなりの重労働だから。

キッチンに戻ったところでふと視線を感じて、倉庫の出口を見れば、こちらを窺う小さな影が、ひーふーみーの三つ。

小さなとは言っても、俺よりはだいぶ大きいけれど。

二人は小さめで、一人はもっとずっと大きい。

俺の背格好で年齢が三歳なら、十歳前後位と四、五歳が二人ってとこか。あ。俺は平均より小さいとか言われたんだったわ。もしや同い年くらいか？

「あら、貴方たちどうしたの？」

「ヒラリせんせぃ……その子も新しい子？　宙に浮いてるの……」

「おおきいわんわ……ちいたいわんわ……しゃわってもいいでしゅか？」

「わんわさわってもいいですか？」

「あらあら、貴方たち駄目よ……新しい子ではなくてお客様と、お客様の従魔ですからね。お客様にご挨拶してから、あちらでみんなと遊んでらっしゃい」

ヒラリさんがそう言うと、大きい子がはっとする。

「はい。お客様。いらっしゃいませ。ごゆっくりしていってください……」

「わんわ……」

「わんわ」

あー。どうしよう……ちびっ子の目に水が溜まり始めてる……チラッと狼たちを見ると、困惑していた。

そりゃそうだよ。中身お貴族様なんだから、孤児に触らせるとか遊ぶとかないよな……

「キャウ《君たちは、私のこと触りたいの？》」

おお。テコテコ小さな子供たちのそばへ行って、お座りしてから首を傾げるティーモ君。君は勇者だ。

「わんわ。触りたい」

「わんわさわる」

「あー。ちょっと彼らに聞いてみますね。この子たちが貴方たちに触りたいそうだけど、大丈夫ですか……？」

「キャウ《いいよ。一緒に遊ぼう》」

「……グァウ《……お手柔らかにたのむ……》」

眼を煌めかせる小さい狼と、達観したような諦めたような……よくわからない表情で遠くを見つめる大きな狼。

尊い犠牲《ぎせい》を払っている感が半端《はんぱ》ないけど、許可は得たので一応子供たちに伝える。

「あんまり乱暴にしなければ、触っても大丈夫みたいです」

「「わんわー！」」

「まぁ！　貴方たち！　お礼を言って優しく触らせていただきなさい！」

子供たちが奇声を上げ、それに驚いたティーモ君に飛びつこうとしたところで、ヒラリさんの叱責が飛んだ。

「「「ありがとうごじゃ（ざ）います」」」

慌てた子供たちは俺にちゃんとお礼を言って、狼たちを触り始めた。

そしてその騒動に気付いたのか、他の子もどんどん現れ、触る触る触る……孤児院のキッチンルームは子供たちで溢れ返り、お庭で触りましょうってことになった。

俺は尊い犠牲に感謝して、この間にキッチンルームと孤児院の方の手を借りて、おかずを作ろうかな、と企んでみる。

いつもは魔法《マジックハンド》でどうにかしてるんだけど、大人の手を借りた方が早いし、細かい作業ができるからね。

『那由多も子供たちと遊べば良いのに……那由多がいた世界では、子供は友達百人作るのでしょう？　……何かの契約ですかね、百人という断定した数』

『いやいやいや。そんな深い意味ないから。要はお友達いっぱいできると良いなって歌だから。また勝手に人の記憶を中途半端に覗くんだから……』

って、そうじゃなくて。

「ヒラリさん。ちょっとお願いしたいことがありまして、お手を貸していただけますか？」

「はい？　私でしたらかまいませんが……」

◇　◆　◇　◆　◇

あれならできる、これならできると色々と相談し、最終的に年長さんの子供たちを呼んで、みんなで唐揚げを作ることになった。

作業をしながら、この孤児院について、色々と話を聞く。

ここでは〇歳から十二歳くらいまでの孤児を預かっているそうだ。

十二歳あたりから、職人の工房に奉公に出て、技術を学ぶらしい。

だいたい小学生やそれ以下の子供しかいないわけだが、日本の小学生に比べると大きい子が多い。

それは俺と同年代の子たちも同じで、同い年でこんなに細っこいのは俺だけだった。だいぶ肉もついてきたと思ってたんだけどな……畜生！　これから肉付けて成長するんだ！

なんてことを話しながら、オークの脂身を焼いて大量に油分を出し、ラードを作った。

ちなみに、光熱費もかかるだろうと思って大きい火の魔石を進呈したらヒラリさんに喜ばれた。

この世界のコンロは、火の魔石をセットすると火が出る仕組みなのだ。

それからコカトリスのもも肉と胸肉、砂肝や肝《レバー》なんかを大量に出して、下処理を指示する。

このように塊のまま内臓類を食べる文化は流石にないようで、疑心暗鬼というか疑いの眼差しで見られた。内臓類は細かくしたり濃い目にスパイスを入れたりして、パテや煮込みなどに加工するそうな。

でも酒のつまみに美味しいんですよ～！　で押し通した。鑑定でも食用って出てたから、多分大丈夫だと思う。多分……なんで酒のつまみとか知ってるんだ、みたいな顔されたけど。

おろし金は流石にないから、ニンニクと生姜に包丁の腹を被せ、圧をバコンと加えて叩き割り潰して、細かく微塵切りに。

俺が魔法でやっても良かったけど、油《ラード》は置いていくから、俺がいない時でも同じ料理を再現できるように教えることにした。

そのあとは、ほどよい大きさに切った肉類に、先ほどの生姜とニンニクを合わせる。そのまま二つに分け、一つはバジルやオレガノなんかを入れたハーブ塩味、もう一つは俺謹製《きんせい》醤油味と、二種類作った。

ああ……酒が飲める年齢になるまで山椒《さんしょう》を見つけ出して、塩山椒唐揚げで一杯飲みてぇな。

なんて妄想《もうそう》しながら、味の染みた肉を小麦粉でコーティングして、コカトリスのでっかい卵を出す。

「コ！　コカトリスの卵⁉」

ヒラリさんが突然悲鳴を上げたから、こっちがびっくりした。

「はい、コカトリスの卵です？」

「こんな……高級食材を使うなんて……」

どうやらコカトリスの卵は高級食材らしい。

割と森に転がっているけど。高級食材……なるほど。今度また来た時に換金してみよう。

んんっ。気を取り直して、コカトリスの卵を大皿に割り入れ、小麦粉と一緒に溶く。

ドロドロになった衣に肉をくぐらせたら……熱した油へ！　イン！

子供たちには危ないから退いてもらって、俺が二度揚げなどヒラリさんに説明しつつ、揚げ奉行を遂行した。

俺の背丈よりでっかい皿に、カリッカリに仕上がった唐揚げがどんどん積まれていく。

これ、八十人前くらいあるのかな？　大量の唐揚げが圧巻です。

うーん、見てるだけで若干胸焼けがする。へたった油に浄化をかけ……うん。綺麗になった。

ついでだから、ジャガイモも、くし切りにして揚げたよ。

出来立てをみんなで一つずつ頬張り、味を確認したら孤児院の分を残して収納した。

「これだけあれば助かります。ありがとうございました。今日はこの辺でお暇《いとま》させていただきます。また後日、よろしくお願いいたします。あ、これお礼です」

一応人手を借りたってことで3万リブラも手渡す。

ヒラリさんは恐縮しながらも受け取ってくれた。

「こちらこそ、唐揚げの作り方を教わり、油や調味料、さらには寄進までいただいてしまい……ありがとうございます」

あとはパン屋さんでパンを買うのに狼たちを呼びに庭へ行ったら……ぐったりしている元公爵家の御当主様とお坊ちゃまが見えた。

子供たちはほっぺたをまっ赤にしていて、はしゃいでいたのが見て取れる。

本当に、お疲れ様でした。

「ではまた来ますので、今日はありがとうございました」

「「「「「わんわんまたね！」」」」」

「ガゥ《子らよ。健やかに過ごすが良い》」

「キャウ《またね！》」

俺とティーモ君は大きい狼に跨り、孤児院を後にするのだった。


それから俺たちは、前回パンを購入した「槌と小麦粉」で可能な限りパンを大量に仕入れた。

他にもパン屋を巡り、肉屋を見つけてはハムやソーセージやサラミを買い、はたまたタイヤくらいでっかいチーズを買ったり、肉のソース用にバルサミコ酢を買ったりした。ワインがあるならあるって思ったんだよね。

その合間に、いくつかの飲食店で、通りがかりの道具屋で購入した大鍋に、鍋一杯分の料理を売ってもらえるよう頼んだ。

俺の収納なら時間が経過しないから、悪くなることもない。

これで充分明後日までは持つかと思う。

お金もそれなりにかかったけど、かなり稼いでいるから全く問題ない。

帰ったら肉をローストして、醤油とバルサミコ酢のソースでシンプルに仕上げよう。ああ、唐揚げもあるんだった。

なんか狼って肉食のイメージがあるから、どうしても肉に偏ってしまうな……

生サラダとか大丈夫かな……漬物《ピクルス》食べてたし大丈夫だとは思うけど、しれっと出しておこう。

大きい狼は、北の帝国の新しい情報がないか探していたけど、このフマラセッパは帝国から離れているので、新しい情報が届くのはまだ先になりそうだ。

孤児たちは北の帝国から逃げてきたというけれど、五年前から徐々に増えたらしい。

焦ってもどうにもならない。急いては事を仕損じるとも言うし、今はまだ耐えてほしい。

幼児×精霊の子

【黒妖精の穴蔵《フマラセッパ》】を出て、しばらく歩いて人気《ひとけ》がなくなった頃を見計らって、空間転移を発動。

【妖精の箱庭《ザ・シークレットガーデン》】の門《アーチ》の前まで一気に転移した。

門《アーチ》の結界を抜け、以前団体御一行様と通った俺の家《アンダーザローズ》への道を行く。

大きい狼《コンゲラティオウルフ》は転移する度にびっくりしていた。

「ガウ……《行きでも思ったが、こんなに簡単に転移ができるなど、我が国の魔術師たちの面目はないに等しいな》」

ティーモ君は視点が切り替わる度に喜んでいたよ。

そして我が城、もとい平屋に戻ると、何やら狼たちが一塊になっていた。

「あれ？　どうしたんだろ？」

「ガウ！《アネット《アン》！》」

「キャン！《お義姉《ねえ》様！》」

狼たちの中心に、眠れる平屋の美女が座っていたのだ。

大きい狼《公爵様》と小さい狼《ティーモ君》は、彼女の近くに駆け出す。

俺？　俺はなんかドキドキするというか、のぼせるというか動悸《どうき》が……はっ！　これはもしや……

『コレが更年期ってやつか……？　祖父《じい》さんがよく飲んでいたあの生薬《しょうやく》が入った酒とか、有名な生薬強心剤の世話になるのはまだ早いと思ったんだが……』

『那由多……何ボケてるんですか？　寝言は寝てから言った方が良いと思いますよ？』

『年頃の男の子に向かってボケとかひどいっ。若返ったからには普段からＤＨＡとＥＰＡ食べまくるんだからねっ！』

まぁ、現実逃避しても仕方がない。

元眠れる平屋の美女もといい、俺の産みの親のアネットさんは、狼たちを従え静々と俺の目の前まで来て、ぼろぼろのドレスでも美しくも優雅な膝折礼《カーテシー》をしてくれた。

「私《わたくし》、並びに一族の者に、救いの手を差し伸べてくださりありがとうございました。こうして我ら一族、呪われた身なれど生きながらえることができました」

「いえ……たまたま目の前で倒れていたので、介抱できただけです。自分は困っている方たちを見捨てることができませんので、独りよがりというか……自己満足というか……」

アネットさんは俺の言葉に、顔を上げて目元に笑みを浮かべる。

「その自己満足で我らは救われたのです。名も知らぬ方。我が息子の体は役立っていますか？」

『ひぃん！　ド直球キタァーーーー！』

「「「ガゥ⁉《何と⁉》」」」

「キャウ⁉《えーーー⁉》」

「ガウ……《やはり……‼》」

突然すぎて狼さんたちが驚いていますよ！　皆さん驚きすぎて顎が外れそうです！

大きい狼だけは、何となく察していたような反応だけどね。

誤魔化しようもないので、俺は素直に名乗ることにする。

「えと……改めまして、石原那由多と申します。姓が石原で、名が那由多です。何と言えば良いのか……魂魄《俺》を受け止めてくれた息子さんの体は、ちょっと痩せているけど、魔力は底無しでスキルも申し分なく、俺を助けてくれています」

勿論ツクヨミ込みだけどさ……

『私も役立っているようで安心しました』

ふふんとツクヨミは言うけれど、本当、この体とツクヨミに助けられているよ。

「……記憶こそありませんが、この体は、貴方のことなども覚えているらしく、今は気分が高揚しています。過去に侍女という言葉を聞いて鳥肌が立ったことがありましたが」

そう言うと、アネットさんは目を伏せる。

「……そうですか……。ナユタさん。夢現《ゆめうつつ》の中でナユタさんが、私《わたくし》の世話を丁寧にしてくださったことを覚えております。そちらもありがとうございました」

「いえ。起き上がれるようになって良かったです」

と、アネットさんがジッとこちらを見つめてきた。

「一つだけお願いがあります」

「はい。私にできることでしたら」

「……抱きしめても良いでしょうか？」

「えっと……はい。構いません」

気恥ずかしいが、この体を産んだ人だ。

宙に浮いて同じ目線だった魔法を解いて地面に降りると、すかさずギュッと抱きしめられる。

「知っていながら貴方を守れなかった母を許してください……坊や……私の坊や……ごめんね……ごめんなさい……」

深い懺悔《ざんげ》というか、嗚咽《おえつ》混じりの謝罪が繰り返される。

何度も何度も何度も。

しばらくすると、俺の体が勝手に動き出した。

母親《アネットさん》の頭を慰めるかのように、何度も何度も不器用に撫《な》で、口も勝手にたどたどしく動いた。

ちょ！　ちょっと！　この体は『俺《ナユタ》』以外に魂がないんじゃないのか!?

「……は……はうえ……な……かな……いで……」

「坊や……！」

「ぼ……ぼく……ね……はは……うえの……お……うた……すき……だよ……」

「……っ」

「は……はう……えが……ギュッ……てし……て……なで……てくれ……るの……す……き……」

「ううっ」

ああっ！　やめて……俺まで泣きそうだし！　アネットさんめっちゃ泣いてるっ!!

「ぼく、ね……はは……ぅ……えの……わら……った……おか……お……み……たい……なぁ……」

「ううっ……」

アネットさんは必死に笑おうとするんだけど、泣き笑いの顔で上手く笑えないんだ。

こんなの俺が泣いちゃうじゃないか。

「ぼく……ね……はは……う……え……だい……す……きだよ……また……ね……は……はう……えの……こ……ども……に……うま……れたい……なぁ……」

「坊や……!!」

俺の体から、無数の蛍のような光が瞬き、天に上がっていく。

強く小刻みに震えながら俺を抱きしめているアネットさんの慟哭《どうこく》を聴きながら、俺はしばらく、その温かくも優しい光が消えるまでずっと空を見続けていた。

◇　◆　◇　◆　◇

これって一体どういうことなの？

ツクヨミに聞いたら、よどみなく答えが返ってくる。

『元々五体満足で産まれる運命の子でしたが、何らかの理由で強制的に母親が魔力過多に陥《おちい》ってしまって、精霊の子になってしまったようです。なので、他の精霊の子と違って、元々の魂が強かったため、それを【縁《えにし》の糸】で繋いで、その体に一瞬だけ戻せたんです。存在がかなり薄くて骨が折れましたが、細い糸が繋げました。あの子の願いはきっと叶うでしょう』

精霊の子って、文字通り本当に精霊になったりしたのか……？

とりあえずアネットさんが落ち着くまで、俺の抱っこちゃん人形役は続くことになりそうなので、詳しく聞いてみる。

『考えたら精霊の子は、親に捨てられたり殺されたりする行為を見てるんだな……なんて不憫《ふびん》なんだろうか……』

『それは合っているし、合っていない回答ですね』

『？』

『精霊の子の魂は、体の魔力の大きさに反して魂の存在が希薄すぎて大体の子が生まれてすぐ大気に溶けて消えてしまうのです』

『え……でも俺の体の子は……？』

『あの子は元の魂が強かったのと、随分その母親《アネット》に愛情深く育ててもらったようで、母親《アネット》の近くに寄り添っていましたよ。もう随分と薄くなっていましたけど』

『ああ……母の愛は海よりも深しってやつだな……』

アネットさんの頭を撫でながら、ツクヨミと話していたら、アネットさんは随分と落ち着いてきたようだ。

うんうん。俺みたいに歳をとると涙腺《るいせん》弱くなるから、いつだって泣けるけど、泣けない奴は泣ける時に泣いた方が、ストレス溜め込まないで良いんだよ。

涙はストレスを出すからね。心のデトックスですよ、デトックス。

『那由多の場合、肉体年齢が若返ってそっちの方に引っ張られていってますけどね』

『うーん。なんかそんな気もしてたけど……』

改めて言われると、ちょっと気恥しい部分もあるな。

落ち着いたアネットさんは、「お恥ずかしいところを見せてしまいました」と謝罪し、これまでのことを話してくれた。

アネットさんは、今となっては名を消されたこの世界の神様のご加護に加えて、【糸を紡ぐ者《クロトー》】という特殊スキルを持っているらしい。

そのスキルのおかげで、自身に関わるものの運命が少しだけ見えるんだとか。

それで十年前、お茶会である御令嬢の望ましくない運命が見えてしまったので、それを回避させようと注意したところ、激昂《げきこう》されたことがあった。

そして五年前からその令嬢が皇太子妃《アネットさん》付きの高位侍女になったことによって、食事に怪しげなものが混ぜられるようになったという。

勿論アネットさんはその未来が見えていたし、その薬のせいで、本来魔力を持たない自分が魔力過多になって精霊の子を産むことになること、一族が呪われることまでわかっていたそうな。

そんな運命に抗うため、色々なことを試してみたが、結果は同じで、自身の子や一族が絶える道を辿る未来ばかり見えた。

そうして結局、何となく見えてはいたがよくわからない運命に——つまり現状にかけたみたいだ。

スキル自体も万能ではなく、断片的に見えるだけだから、精霊の子になった我が子と話ができるとは思わなくて、最後に話ができて嬉しかった、とも言っていた。

精霊の子になるのがわかっていながら、毒を飲み続けたことに罪悪感を抱き、せめて愛情深く育てようと思って接していたようだ。

少なくとも、その愛は子供に届いていたし、またアネットさんの子供に生まれたいって言っていた。だから俺的には、その愛は罪悪感から来ていたとしても、親子にとって何物にも代え難い愛だったとて思う。

アネットさんの話を聞いた俺は、自身のことも話した。

ここことは違う世界にいたこと、糞女神ことエレオノーラによって存在を消されてこの異世界に来たこと、年齢のことなど……まぁ、年齢を言ったら元公爵がショックを受けていたけど。

ツクヨミのことを話して良いかもわからなかったが、手助けしてくれる相棒として紹介した。

あとツクヨミ許可のもと、いつまでもこのアンダーザローズで暮らして良いことも話した。

行き場のなかった狼たちはとても喜んでいたけれど、俺的には彼らの呪いをどうにかしたいとも考えてる。この体の血縁だしね。

頼んだものはあと二十日ほどで仕上がる予定だがどうなることか……上手くいってほしい。

まぁ、どうにもならない先々のことは考えても仕方がない。

腹が減っては何とやら、夕飯の支度をしますか！


夕飯は購入したパンと、孤児院で作った唐揚げ、そしてローストオーク。ソースは醤油とバルサミコ酢のしょっぱめソースと、甘めのすり下ろした林檎と玉ねぎのソース、酸味のある春のベリーのソースの三種を用意した。

あと、記憶する森で採取したハーブを混ぜ込んだミモザサラダに、大根サラダ、浅漬けのきゅうりとかを並べた。

アネットさんも、ソース作りなどの料理を手伝うと意気込んでいたようだけど、一族総出で止められていた。

高位貴族って者は調理をしてはいけないそうだ……うん？　元公爵様が、明後日の方向を向いているな？

食後はすっかり忘れていた、アネットさんの衣服を仕入れに、アンダーザローズの服飾品店へ向かった。

何人かの御付きの狼たちが行きたいと言うので、同行してもらう。

型は古いけど上質な生地で作られたドレスは、御付きの人のメガネにかないい、購入を促された。

ただ、当のアネットさんが首を横に振った。

「舞踏会に行くのではないのだから、ドレスはいらないわ」

そう言うと街娘の着るようなワンピースや短いズボンなどを選んで、御付きの人は街娘のような服なんて！　と悲鳴を上げていた。まだ貴族の頃の感覚がぬけないのかもしれない。

それからアネットさんの眠る際の服とリネン類を購入し、いつものように誰もいないカウンターへお金を置く。

前回置いたお金はいつの間にか消えていた。この置いたお金、ツクヨミは『金は天下の回りものですから！』とか言っていたから、ツクヨミが回収しているのかな？

御付きの人たちもクッションが欲しいとか言っていたので、人数分とりあえず揃えた。

金貨二枚分、ほぼ使い切りました……とほほ。


我が家へ帰宅し、納屋から藁《わら》を取り出して浄化する。

そのうち鰹《かつお》の藁焼きしたり、納豆作れたりしないかなとか思って貯蔵しておいた虎の子なんだけど……しかたない。

庭の何ヶ所かにこんもり盛って、リネンのシーツを被せた。

中世ヨーロッパ系映画でお馴染み、庶民の藁のベッドの出来上がりだ。そこに購入したクッションを、ぽぽぽいっと等間隔に置いていく。

わらわらと狼たちは集まって、自分の寝床を確保している。

多分奥さんの尻に敷かれている旦那《だんな》さんのクッションは奪われて、奥さん？　か、兄弟……もしくは彼女かもしれないけど……が独占している世帯らしきところもあった。

なんという世知辛さ。逆に「お前が使え」みたいに咥えて譲っている狼たちもいた。

そうそう、アネットさんはお風呂に入っている。

剥《は》がれて垢になった角質や汚れは浄化でなんとかなるけど、お湯に浸かるとなんかホッとするから、お風呂をすすめてみたんだ。あったかいお湯に喜んでたよ。

お湯を使うのは贅沢《ぜいたく》だって、かつて清貧を重んじたどこかの宗教みたいな文化はなさそうで安心した。まぁあれは信心深い時代背景と、内陸部だったから水が不足していたからだけど。

そのうち香りのついた石鹸《せっけん》とか、シャンプーを作ってみたいとは思う。

もしかしたらそういうものがこの世界のどこかにあるのかもしれないけれど、ツクヨミに聞いたら『香水はあるけどシャンプーはどうでしょうかね？』と、言っていた。

アネットさんのお父さんと義弟は、我が家のベッド横に敷いた絨毯とクッションの上で寛いでいる。

明日になったらジオラマ部屋で、ちょうど良い建物のストックがあるか物色しよう。広めの家なんかもあるかもしれない。

ふぁ〜。欠伸が出る。

ソファーに寝っ転がり一息つくと、欠伸が止まらない。幼児の体はここらが限界だ。今日はよく働いた……また明日……

『おやすみなさい那由多』

『おやすみ……ツクヨミ……』

◇◆◇◆◇

翌朝。

アネットさんと狼たちに、【黒妖精の穴蔵《フマラセッパ》】のパンに、厚切りにしたハムやサラミを載っけて野菜をサンドした特製サンドイッチと、パンにチーズを挟んで焼いたグリルドチーズ、それに冷ました芋のポタージュを添えた朝食を用意した。

食後はいつものように、アネットさんの魔力を抜くために、魔力吸収《マギカドレイン》をする。

そこから俺に溜まった魔力を発散がてら、記憶する森に素材採取に出かけた。

あ。毒消しのポーションはあらかじめ渡しておいた。

アネットさんは心配してくれてついてきたがったけど、コレまたお付き？　の方々に止められていた。

いっそ獣化《ライカンスロープ》していくって言って、ん〜！　って踏ん張って頑張っていたけど、できず。

ツクヨミが言うには、獣化には月の力が必要で、最も月の力が強まる時にできるんだとか。

何かの漫画で、お皿とか丸いものを月と見立てて獣化するやつがあったと思うけど、あれはできないそうだ。

しかし獣化したら、また服がボロボロになってしまうので無理に獣化はしなくて良いと思う。

代わりに娘の気持ちを汲《く》んだのか、元公爵とついでにティーモ君がついてきた。

「ガウ《私はナユタ殿の従魔だからな》」

「キャン《従魔だからなっ》」

だって。

最初は血縁だって知って、元公爵もティーモ君も接し方に戸惑っていたけれど、最初と変わらず、何も気取らず普通に接してくれるようになった。

しかしこの二人、記憶する森の最深部まで一族を引き連れてきただけあって、めちゃくちゃ強い。

俺が取り放題のベリー採取に夢中になっていると、どこからか森林魔猿《フォレストモンキー》が現れて囲まれた。

俺的には、ツクヨミの聖域結界《サンクチュアリー》があるので、いつものことだと思って放っておいたんだけど、ティーモ君は俺の背後を護る位置に来る。

そして元公爵は――

「アオーーーン《氷柱落《アイシクルドロップ》》」

そう吠えると、上から鋭い氷柱の雨が暴力的に地上に降り注ぎ、フォレストモンキーを脳天から屠《ほふ》っていった。

何？　このイケオオカミ……素敵やん！

俺におじいちゃん《イケオオカミ》への未知なるときめきを芽生えさせながら、俺とティーモ君を護るように護衛してくれた。

いや俺も、遠距離から魔石とか引っこ抜いて、亡骸ごと引き寄せて収納したりして魔力を発散したんだけど、なにぶん作業が地味だ。

やはり魔法を使い慣れている人の戦闘は、全然精度もちがうし効率も迫力も何もかもが違う。

派手な元公爵《おじいちゃん》の魔法に魅せられていると、俺が乙女の瞳で元公爵を見ていたのがバレたのか、ティーモ君が負けじと一発放った。

「キャウーー！《氷の棺《アイスコフィン》！》」

ティーモ君から放射状に冷気が繰り出され、冷気に当たったものが瞬時にパキパキと冷凍される。

ティーモ君はチラッと、どうですかっ！　って感じで俺を見た。

しかし俺は思ってしまったんだ。

鮪がこの世界にいたら、この技で保管ができる、と。

……いや、この魔法もすごくカッコいいんだけどさ。瞬間冷凍とか有益な使い方が、鮪に良いなって思ってしまったんだ……すまんティーモ君。

涎《よだれ》を垂らさんばかりにティーモ君を見ていたら、何か思っていたのと違う反応だったようで、ティーモ君は俺に困惑していた。

『弟分ができたから、カッコいい所を見せたかったんですよ』

あ。そうか。後でカッコよかったって言っておこう。

なんやかんやで採取と魔力発散を終えて、二人にお礼を言って帰宅することに。

それにしても、ここしばらく狼たちと一緒にいて、逃げてきた国で一体何があったのか知ってみたいと思うようになった。アネットさんのことは聞いたけど、どうやって狼の姿になってしまったのか、わからないのだ。

もし獣化が解けたら故郷に帰りたいと思うだろうし、その手伝いもできればとも思う。

よし、後で聞いてみるか……

そんなことを思いながら、アンダーザローズの俺の家に二人を送った俺は、そのまま一人でジオラマ部屋へ移動した。

いつまでも庭ってわけにもいかないし、みんなが住める、ちょうど良い建物がないか探しに行くためにね。


ジオラマ部屋に入った俺は、棚を眺める。

以前の俺は一人だったし、俺好みの家を建てたかったから、適当にヨーロッパの農村にありそうな、平屋を選んでいた。

浄化の魔法が使えるようになる以前だったので、あんまり広くても、掃除とか管理が大変だと思ったからだ。

でも今回は大所帯だからなぁ……

【神眼】を展開させ、建物アイテムを物色していく。

城、宮殿、離宮、砦、別荘っぽいもの、立派な屋敷……などなど、貴族の使いそうな建物の他にも、教会などの施設。それに鍛冶屋や道具屋、武器屋などの工房や商家っぽいもの。庶民が暮らす二階建ての家や、三階建の集合住宅。豪農が住みそうな大きな建物や、俺が住んでいるような平屋の小さな住居。馬小屋や家畜の小屋と、凄《すさ》まじい種類がある。

それに加え、泉や噴水、敷石や銅像などもあった。

家具なんかは、俺が以前に回収した家具以外、ストックはあまりない。

「うーん。今は狼の姿だけど元貴族だしなぁ」

『一世帯ずつ家を配置するとなると村になってしまいますね』

「あー。確かに。いっそ村にしてしまうか？」

しかし、せっかく村を作っても、もし呪いが解けて人間になった時、人がいる便利な街を求めるようになるかもしれない。

もしくは故郷に戻るとか……

「んー。悩むな……いなくなったら家を回収すれば良いことだけど……」

『いっそのこと、この屋敷にしてみては？　那由多も一緒に住めるし』

そうツクヨミが点滅する矢印で示したのは、赤坂離宮のような立派な、青い屋根の建物だった。

「いやいやいや……掃除とかどうするんだ？」

『浄化があるじゃないですか？　一部屋ずつが面倒なら、秘密の花園《ここ》にきて建物ごと浄化をかければ一発で終わりますよ』

確かに……

それから一度選び始めると、興に乗って止まらなくなってしまった。

まず、自分の家から少し離れた所に屋敷を配置する。前庭に芝生と敷石を敷き詰め、噴水を配置したり、柵や門扉を配置したり、種でストックされた緑や薔薇、花を敷き詰めた庭園、ガラス張りの温室に、四阿《あずまや》に……と、どんどん配置していった。

魔道具を使って種を植えたので、設置している間にも花や緑がポンポン芽吹いて面白い。

良い感じの泉があったので庭に配置して、そこから小さな川を作り、俺の家を置く場所を空け、畑や田んぼ用の空間も設けた。

ついでだからイギリスっぽい、緑溢れる庭にしとこう……記憶する森から苗木とか採ってきて、ベリーとかハーブを植えるのも良いな……良い感じのスローライフ感だ。

屋敷内部には、崩れた屋敷などから使える家具を拝借し、浄化をかけて配置していく。絵画や壺《つぼ》とかもあったから置いておいた。

お金持ちそうな屋敷の家具たちだから、結構見られる内部なんじゃなかろうか？

んー。やり切った感。あとはアネットさんと狼たちを案内して、俺の家と畑と田んぼを配置するだけだ。

機嫌良く鼻歌を歌いながらジオラマの中に入り、我が家に着くと、アネットさんと元公爵様がすっ飛んできた。

「あちらに突然屋敷が出現しましたが、ナユタさんが何か操作を？」

「ガウ！《音もなく突然現れたんだ！》」

あ……言い忘れてた……

「すみません。先ほど、皆さんの住まいをどうにかしようとして、屋敷を配置してみたのです。これから皆さんの住まいへご案内いたします」

そう言って一同を集めて屋敷まで案内した。

最初はみんな、俺が何を言っているのかわかっていなかったけれど、屋敷の敷地に入ると、ビックリしながら理解してくれた。

とりあえず、自分の好きな部屋をどうぞお使いください、と促したんだけど……一族で一番地位が高い元公爵とアネットさん、それにティーモ君が、俺の狭い家を気に入ったらしく、俺と共に俺の家にいたいと言い出してしまった。

「俺の家にいる分には構わないのですが、お三方が部屋を決めないと他の方が選べないので、とりあえず屋敷の部屋を作って、俺の家には来たい時に来てください」

そう伝えれば、三人は納得してくれた。

これから自分の部屋を作って居心地が良くなるかもしれないからね。

屋敷に案内したら、皆さんにしばらく外に出ないように言ってからジオラマ部屋に戻って、俺の家や畑などを屋敷の敷地内へ移動させる。

家を配置し、畑に田んぼ、家の周りに低木やなんかを植えると良い感じに仕上がった。

あとは森からベリーとかハーブの木を採取して植えれば完璧だ。

ただ、配置した泉なんだけど、厳密には「泉の地形」を配置できただけで、中には水が入ってないんだよね。

どうせなら薬作りにも使える清らかな水が良いな……

そうだ。水の神様にお願いして泉に水を湧かして貰おう。

そう思ったら神頼み！

二礼二拍手して、

『水に所縁《ゆかり》のある神様……どうかこの小さき泉に、清らかな水をお分けください……』

一礼。

スルスル俺の体から蛇腹の御朱印帳が出てきて、俺を囲う。

そこから長細い光が何本か出てきた……龍神たちの神使かな？　よく見ると蛇や龍の小さな神使たちが、精霊の箱庭に配置した泉の上でクネクネし始めた。

すると、乾いた泉がじわじわと濡《ぬ》れ始め、どんどん水が溜まってくる。

「おお、キラキラした湧水が出てきた……」

泉の底ではぽこぽこと砂が巻き上げられ、湧水がとめどなく溢れていた。

神使たちは、仕事が済んだとばかりにそれぞれの御朱印に戻り、御朱印帳も俺の体に収納されていく。

『……ありがとうございます』

俺は手を合わせたまま深くお辞儀し、感謝を伝えた。

『これはすごい。聖水が湧き出てますよ？』

すると、ツクヨミがそんな驚きの言葉を発する。

「え？　綺麗な水じゃなくて？」

『水がキラキラ光ってるでしょう？』

「光の反射では？」

俺は場所を変え泉を観察した。うーん、どの角度でもキラキラしてるな。

『違いますよ。ちゃんと神のご加護がある聖水です。この世界では紛いものが多いですが、これは本物で間違いないですね』

「うわー。マジか」

『呪われた方々も、この泉の水を飲めば多少は呪いの作用が薄れますよ』

「本当に!?　早速昼ご飯の時に飲んでもらおう！」

時間はちょうどお昼に差し掛かっていたから、タイミングが良かった。

設置したばかりの屋敷に向かい、アネットさんと狼御一行を呼び、昼ご飯を用意する。

流石に、狼の姿で大広間の晩餐用テーブルを引っ張り出してお上品に……とはいかない。

作ったばかりの庭園に、朝食の時と同じく半分にカチ割ったレッサートレントを配置し、その上に人数分の木の食器を並べ料理を出した。ティーモ君用の切り株も忘れずにね。

お昼のメニューはパンと、【黒妖精の穴蔵《フマラセッパ》】の料理屋さんで頼んだ、大鍋いっぱいのロック鳥のパプリカクリーム煮込みに、付け合わせは細長いパスタ状のすいとんのようなもの。

それからパプリカの肉詰め、そしてボイルした野菜に、夕飯で残ったソースをかけた。

デザートに林檎や朝の摘みたてベリーなどの果物と、【黒妖精の穴蔵《フマラセッパ》】の屋台で売っていた、煙突のお菓子を用意した。

棒に生地を巻きつけて焼いた、クロワッサンみたいなサクサクしたお菓子だ。砂糖や蜜、シナモンなどの香辛料がまぶされていて、煙突がたくさんある【黒妖精の穴蔵《フマラセッパ》】らしい名前だ。

そこに、いつも置いている飲料水の代わりに、泉で汲んできた聖水をコソッと置いておいた。

少しでも皆さんの呪いが軽減されますように……

ゾロゾロとアネットさんと狼たちが現れ、俺に感謝の意を表し、それぞれの場所についた。

狼たちは頭を下げてから食事をとり始める。

最初、同じことをしているのを見た時は、呪いがショックで項垂《うなだ》れているのかと思っていた。けど、アネットさんが両手を組み額につけているのを見て、狼たちが何をしているのかわかった。

元々信心深い方々だったのかもしれない。今は名もなき神に祈っているのかな。

ともかく、【黒妖精の穴蔵《フマラセッパ》】の料理屋さんで購入した料理はとても美味しく、狼たちも気に入って物足りなそうにしていたから、なくなるまで希望者にどんどんおかわりをついでいった。

女性陣やティーモ君は、煙突のお菓子を喜んで食べていた。

次に【黒妖精の穴蔵《フマラセッパ》】へ行った時、甘いものを仕入れよう。俺はどちらかと言うと、しょっぱい系のスナック菓子やお煎餅《せんべい》の類《たぐい》が好きだから、それを作るのも良いかもしれない。

食事が終わったら、木の食器に一気に浄化をかけ、不可視の手《マジックハンド》でお皿を集めて収納していく。

最初、元貴族様なら陶器がよかろうと、余計な気を回して陶器製のお皿を用意したが、あまりに多すぎたので不可視の手《マジックハンド》で回収したら、一食目にして割れてしまったので、木の食器となった。

だけど、本当にこの魔法というものがなかったら途方に暮れていたところだ。特に浄化魔法は本当にできるようになってよかった。

狼たちは腹ごなしなのか取っ組み合い？　人間なら組み手みたいなことをし始め、多分女性陣は集まってお喋りをしながら庭園をパトロール？　していく。お散歩ってところかな？

アネットさんと元公爵に残っていただいて、俺の家の中に案内した。

後ろから庭園を冒険していたティーモ君が、ぴょこぴょこついてきていたのを微笑《ほほえ》ましく見ながら、ティーモ君も案内する。

アネットさんと元公爵には、泉の水で作ったハーブティー、ティーモ君には可能な限り微塵切りに粉砕した林檎と森林蜂蜜《フォレストハネー》を練り合わせて、泉の水で割った林檎ジュースをそれぞれ出した。

勿論、狼たちには飲みやすいようにどんぶりで。俺はカロリー摂取のため、林檎ジュースだ。小さなことからコツコツと。

「まず、お話ししたいことがありまして」

「はい」

「ガウ」

「実は、私には言語翻訳スキルがありまして、この世界のあらゆる言語が、聴音、会話、筆記が可能になっております」

「それは……!?」

「ガウ！《なんと！》」

アネットさんと元公爵は、目を真ん丸にしている。

「最初、公爵様たちがいらっしゃった際は、おおよそのことはわかるとお伝えしておりましたが、かなり細かい言い回しまで……たとえば元公爵様とティーモ君の口調の違いなどもわかります」

「ガウガウ!? 《本当か!?》」

「キャン!? 《ほんと!?》」

「はい。魔物やなんかは、言葉としてはわからないのですが、悪意とか好意程度ならわかります」

俺の言葉に、アネットさんが目を丸くしている。

「私《わたくし》も一族の言葉は、獣化している時にしかわかりませんでしたのに……」

「ガウ……ガウ《なんということだ……そこまではっきりわかるとは》」

「キャウ？《じゃあナユタは、私たちと普通にお話ができるということですか？》」

愕然《がくぜん》とする元公爵、ティーモ君に頷いて、俺は本題を切り出す。

「その通りです。なので、公爵様たちが、北の帝国から来たあらましを聞けたらなと思いまして……」

俺の言葉に、アネットさんがはっとして向き直る。

「私《わたくし》も一族がどうなったのか、お父様から詳しく聞きとうございます。ナユタ殿……良かったら翻訳してもらえませんでしょうか？」

「どうぞナユタとお呼びください。翻訳の方は可能ですので」

「ではナユタと呼ばせていただきますね。よろしくお願いいたします。私《わたくし》のことは、母上でもアネットでも、お好きなようにお呼びください。私は母上や母様と言ってくださる方が嬉しいのですが……」

「えっと……熟慮《じゅくりょ》いたします」

「どうぞよしなに」

俺からしたら年下の母は気恥ずかしく、すぐには叶えてあげられなさそうだけど、アネットさんの希望なので、前向きに検討したい。でもそうしたら元公爵様も、お祖父様《じいさま》とか呼ばなくてはならないのだろうか……

それからしばらくして、ビックリしていた元公爵が立ち直り考えをまとめているようだ。

「……ガウ《……まず何から話せば良いのか》」

元公爵は、淡々とここに来るまでの経緯を語り始めた。

閑話～元公爵の記憶～

そう……あれは、四年ほど前になるか。一人娘のアネットが皇太子殿下の御子を授かった時だ。

国中で皇太子と皇太子妃の懐妊を祝っていた時のこと……

当時の皇帝が、その日のうちに崩御《ほうぎょ》された。

家臣たちには心の臓の病として知らされていたが、皇帝陛下が側に寄せ付けなかった、ヴァニタイン公爵が最後まで側にいたというのが引っ掛かった。

皇妃も皇帝を失ったショックで儚《はかな》くなってしまい、喜ばしき我が一人娘の懐妊の祝いは、皇家の喪《も》に塗り替えられた。

そうして一月ほど喪に服してから、皇太子殿下が慌ただしく帝位に御即位された。

皇太子殿下も、この一月で以前のような聡明さは見えなくなり、まるで人形のようにすっかり変わり果ててしまっていた。

両陛下が御隠れになり消沈しているのかと思っていたが、今思えば違ったのかもしれない。

ともかく、ご即位以降、新しき皇帝陛下の側には、他の高位貴族を寄せ付けず、必ずヴァニタイン公爵親子の姿があった。

皇妃となった一人娘《アネット》もどこか影が落ち、体は痩せ衰え顔色が悪い。

いくら家門が皇家と縁続きであろうとも、我が家は最早いつの頃からか、皇家から遠ざけられた公爵家。皇家へ密偵など放てるわけでもなく、甘んじて一人娘《アネット》が衰弱していくのを見ていた。

なぜ、必ず陛下の傍にヴァニタイン公爵親子の姿があったのか、あの時抱いた違和感について、どんなことになっても調べていればと悔やむばかりだ。

それからしばらくして、アネットが出産したと報を受取り、急いで祝いの準備をして皇城へ向かった。

が、皇妃アネットが産んだ待望の皇子は精霊の子だという。私はそこに引っ掛かりを覚えた。

娘は魔力を収める器は膨大であるが、魔力がない。確かに、特殊スキル【糸を紡ぐ者《クロトー》】を持つ。

その稀有《けう》なるスキルは魔力を使わない、神からの天啓《てんけい》だ。幾重《いくえ》にも重なりあい、細く糸で繋がった未来を覗き、より良い未来に導くスキルだ。

前皇帝も、濃くなりすぎた魔力血統をリセットするために、生まれは申し分なく、思慮深く、魔力がなく、スキルが有能な我が娘を時期皇妃に、と望まれた。

だというのに、精霊の子が生まれるというのはおかしい。

最早遅いかと思いつつも、私は腑《ふ》に落ちずヴァニタイン公爵家に間諜《かんちょう》を入れることにした。

精霊の子を産んでから、娘はおかしくなってしまったのか、精霊の子ばかり構いたがり、皇帝が皇妃付きの高位侍女――ヴァニタイン公の娘を側姫に迎えようとも、どうでも良いことのようだった。

皇帝は側姫の側から離れず、やつれた皇妃《アネット》をかえりみずに、公務の時も片時も離れなかったという。

果たして公務もやっていたのかも……今となってはわからぬが。

そしてつい先日のこと。

側姫が男児を産み、その日の内に精霊の子は処分され、アネットの消息が掴めないという情報が入ってきた。

急ぎ皇城へ登城しようとした私の耳に飛び込んできたのは、皇妃アネットは、皇家を謀った罪という名目で牢《ろう》に入れられているという情報だった。

そこから、私たち一族の長い夜は始まった。

アネットが牢に入った情報と同じくして、ヴァニタイン公爵家へ潜らせていた間諜からの知らせで、ヴァニタイン公爵家の恐ろしい儀式を知った。

ヴァニタイン公爵家の手の者が孤児院を巡り、魔力の高い孤児や妖精族、獣人族などを買い漁り、時には他国の奴隷や、自領の民や使用人まで集めていたというのだ。

さらに彼らを生贄《いけにえ》とし、公爵家の地下で、見るも悍《おぞ》ましい儀式をしていた。

間諜のうちの数名は捕まってその儀式で命を落としてしまったが、かろうじて生き残った者から情報を得ることができた。

この知らせを持って、帝国騎士団長の所へ行き、強制的にヴァニタイン公爵家へ捜査依頼をかけねばなるまい。

そう思って屋敷を出ようとした時、屋敷周辺が帝国騎士団に囲まれた。

国の盾たる我が家門に何事かと指揮者に問えば、皇家を謀った罪で一族郎党捕らえるというのだ。

私の行動は何もかもが遅すぎた。

まだ小さな養子を逃すこともままならず、ヴァニタイン公爵に先手を打たれてしまったのだ。

そのまま我ら一族は捕らえられ、法廷で大勢の貴族たちに囲まれ尋問されることになった。

グラキエグレイペウス一門の中でも、末端の嫁ぎ先など、ほとんど関わりのない者たちまで集められた。

法廷にいるこれだけの貴族や、我が一族を末端まで集めるのにも、相当な時間がかかるはずだが……何もかもが後手に回ってしまったのが悔やまれた。

彼らの言い分では、我ら一族は隠していたが実は魔獣の一族で、皇家を謀り婚姻《こんいん》を果たし、精霊の子を産み皇家の血を汚したという。

我が一族は、先祖代々獣人族さえ嫁いだことのない純血の人族だと主張したが、主張は通らず。

側妃が持ってきた怪しげな赤い液体を、押さえつけられながら尋問官たちに無理やり飲まされた。

「皆様ぁ！　これは、最高神エレオノーラ様の聖女たる私《わたくし》が授かった、忌々しい獣たちから集めた血から作られた、人間に化けた魔獣の性《さが》を引き出す、ありがたぁい聖水ですぅ！　とくとご覧あそばせぇ」

そんな側妃の言葉と共に、私たちの体に変化が訪れる。

ある者は喉を掻《か》きむしり、ある者は大量の血を吐き絶命し、ある者は叫びそのまま事切れた。周りの見物にやってきた貴族たちも含め法廷内は、異様な雰囲気に呑《の》まれていた。

やがて三つの月が中天に差し掛かった頃、息がある者たちの変化が始まる。

我が一門の姿が、メキメキと音を立てて獣に変わっていったのだ。

その様子に、悲鳴が上がり法廷内は混乱した。

「ガゥー！《これは何かの間違いだ！》」

「おほほほほほほ！　獣が吠えても何を言っているのかわかりませんわ！　悪辣なる魔獣よ、聖女たる私の目はごまかせませんわ！　今頃、皇家を謀った罪で、檻《おり》に入れたあの女も醜《みにく》い獣になっていますわぁ！　皆々様方！　お早くこの獣たちを、獣用の檻に放り込んでくださいまし！　おほほほほほほ!!」

「ガウ！《話を聞いてくれ！》」

「ヒィ！」

側姫は笑顔で嬉しそうに、我ら一族を捕らえよと尋問官たちに言い放つが、恐怖で身が固まった尋問官たちは動けず、私が言葉を放てば悲鳴を上げる。

しかし私はそれに感謝した。

「アオオーーーーーン《氷凍裂破《フリージングブラスト》》」

話も通じず、恐れられるだけ……もうここはダメだ。貴族たちが固まっている間に、一族を連れて逃げるしかない。

そう思った私は、法廷の壁に穴を開け脱出を試みた。

「アオーーーーーン！　《一族の者よ！　我に続け！》」

「オオオーーーーーン‼　《お父様！　こちらへ‼》」

「キャウー！　《お義姉様！》」

遠方から娘と思わしき遠吠えを聞き、そちらへ向かう。

法廷にほど近い貴族街のあちこちで、魔獣の群れだと悲鳴が上がり、何人かの一族の者が騎士団や兵士に狩られていった。

一族の数を減らしながら、我々はほうほうの体《てい》で、帰らずの森へと続く転移装置に乗り込み帝都を脱出した。そのまま私は一族を引き連れ、アネットの声を頼りに進んでいった。

そうして帰らずの森を進み、ここまで辿り着いたのだ。

第四章　解呪方法と幼児

幼児×オークション

「……ということです」

「お父様……申し訳ありませんでした……私《わたくし》が至らないために。お父様への相談も模索したのですが、それをすると、事象がもっと早く起こる未来しか見えず……っ。まだ生まれたばかりの乳飲子《ややこ》もいたのに……」

元公爵が話し終え、俺がアネットさんに通訳すると、彼女は自分を責めた。

一族の中には何人か小さな子供もいたのかもしれない。ここにいる狼たちの中に、小さな子とすぐわかるのはティーモ君しかいない。つまりそういうことだろう。

「ガウ。ガウガゥ。ガウ《アネット、取り違えてはならぬ。そなたが至らないのではない。事を引き起こした者の罪をそなたが負ってはならぬ。どちらにせよそなたが皇太子の婚約者候補として、茶会に呼ばれた時点で逃れられぬ運命だったのだから》」

元公爵もアネットさんも、嘆く暇もなく全滅するか、弱きものを切り捨てるかの二択しかなかった。

しかし側妃……ろくなモンじゃねえな。糞女神もやりたい放題だし。奴とは一生関わり合いたくないとは思っていたけど……せめて元公爵家一族の呪いは解いてあげたい。

『なぁ……ツクヨミ』

『どうしました？』

『北の帝国を探ることはできるか？』

『北の地は既に、■■■《糞女神》の領域《テリトリー》になっているので無理です。縁の糸で探ろうにもまだ力が足りませんし、無理に侵入したら那由多の存在が■■■に知れてしまいます』

ツクヨミならなんとかなるかなと思っていたのだが、そんな答えが返ってきた。

『縁の糸って、この体の魂を繋ぎとめたとか言ってたやつだっけ？』

『はい。那由多を軸にして周辺の者への精神干渉及び魂魄《こんぱく》や物質の捕縛など、今の状態でナユタの身体の外部に干渉できる、唯一の能力です』

『無理に探るほどの力は戻ってないんだよな。知られるとどうなる？』

『恰好《かっこう》の餌《えさ》ですね』

『餌って』

もっと他の言い方はないのか？

『餌です。ご馳走ですよ。私という神の欠片の存在は勿論のこと、豊富な魔力に、まだ抵抗できない、か弱き幼児の姿。不思議な異世界の神々の力が宿るスキル。那由多の力を喰らえばさらに神力も上がるでしょう』

『……それは避けたいな。この際だから糞女神と完全に縁が切れるように、縁切りの神様にでも祈っておいた方が良いかな……』

以前、婚約破棄騒動で荒んでいた時、強力なことで有名な縁切りの神社に行ったことがあるから、御朱印は貰ってるんだよな。

『できるならばそれを推奨します。それ以外で、彼奴の領域《テリトリー》を潰す手っ取り早い方法は、教会をぶっ壊すとかになると思いますが……』

『おっし。わかった。ぶっ壊すのは良くない。後でこっそり神様に縁切りを頼むよ……』

『わかりました。まあ、この記憶する森全域に糸を張り巡らし、私の支配下に置きましたので、こちらから手を出さない限り、彼奴に気付かれることはないでしょうから安心してください』

「はぁ!?」

とんでもないことを言われて、思わず大きな声を出す。

「どうかされましたか？　ナユタ」

「キャウ？」

「ガウ？」

突然大声を出したからか、一人と二匹……いや三人が首を傾げていた。

「ああ……突然大声を出して申し訳ありません。あの……以前お話しさせていただきましたが、相棒と話していたらとんでもないことを言うもので……」

「とんでもないこと？」

「えっと……この森を、相棒の支配下に置いたと言うもので……」

「ガウ⁉《なんと⁉》」

「キャウ？《？》」

アネットさんはびっくりしすぎて、お上品に両手で口元を覆っている。多分大きな口を開けてるんだろう……

『ちょっとツクヨミ！　どういうこと⁉』

『本来、この記憶する森は、神々でも不可侵な場所でした。ただ、私は神の欠片とはいえ、この星の神としての理《ことわり》を失っているので、森の管理者に手を出して、支配下に置いちゃいました』

『ええっ！　いつの間に⁉』

置いちゃいました～テヘぺろ☆って気配がするぞ⁉　言い方が軽すぎるだろ⁉

『那由多が寝てる間にこっそり攻略させていただきましたよ。私の糸は精神にも作用しますからね。フフッ。なので私の仕事は、那由多の相棒と、記憶する森の管理者ってところですかね？』

『フフッじゃないよもう……』

相変わらず予想がつかない、とんでもないことをやらかす相棒だ。一緒にいて驚いてばかりだよ。

『まぁ、実際の管理は元々の管理者にしてもらうので、私はほとんどやることはないんですけどね。ついでに、那由多の魔力も共有させていただいてます』

『おいっ！　事後報告がすぎるよツクヨミさん……』

道理で最近体が重くなったって思ってたんだよ……肉が付いたのかと思って喜んでいたのに。

「ガウ……《ところでナユタ殿》」

「はい？　なんでしょうか？　あ。私のことはナユタとお呼びください」

「ガウ……ガウガウガウ《ナユタ……では私のこともそなたも魂がどうあれ、血の繋がった我が一族の大切な子。呼び辛いとは思うが、お祖父《じい》ちゃん……もしくはお祖父《じい》様と呼んでもらえると……》」

『おぶぅ』

ついにきてしまった……お祖父《じい》ちゃん呼びの要請が……!!

「ぜっ……善処します」

「キャウン！《私のことはお兄様と呼んでくださいね！　私、お義姉様が御子を授かってから、弟ができるのを楽しみにしていたのです！》」

「ガウ《ナユタはティーモの弟ではない。そなたは叔父上か叔父様だ》」

「キューン《エェッ！　おじ様はちょっと嫌な感じです……》」

ティーモ君が嬉しそうに割り込んできたが、元公爵に言われて先ほどまでふさふさゆるく振られていた尻尾がだらんと下げられた。

「あっ……ティーモく……お兄様と呼ばせていただきます……」

「キャウ！《やった！》」

うむ。尻尾が嬉しそうに揺れている。

「……ガウ、ガウガウ《……それで本題だが、我らの食い扶持を稼ぐのに、森に出て我らで魔獣を狩りたいのだが、良いだろうか？》」

元公爵が申し訳なさそうに言ってくる。

「あ……余計な気を使わせてしまって申し訳ありません。食費のことは心配しなくても大丈夫ですよ」

「ガウガウ。ガウ《いや……元の姿に戻れたら、着るものなどが必要になる。いくらか金銭も必要になるであろうからな、貯えておきたいのだ。あとは騎士だった者らが、体が鈍ってしょうがないと言っている》」

あ……迂闊《うかつ》だった。そうだよ。服も用意しなきゃいけないんだ。食後に運動してたのも体を鈍らせないためだったのかな……

「わかりました。では皆さんで森へ一緒に行きましょう」

「ガウ《よろしく頼む》」

◇◆◇◆◇

そこからの日々、元騎士かと思われる狼たちと元公爵、ティーモ君は、朝と昼の食事が終わると、記憶する森に狩りへ出かけるようになった。

俺も一緒についていって、近くで植物なんかの採取を行《おこな》っている。

最初の頃は、俺が皆さんの獲物を収納していたけど、今では【黒妖精の穴蔵《フマラセッパ》】で買ってきた収納バッグを持たせている。

今も相変わらず、食事を買うために二日に一度は【黒妖精の穴蔵《フマラセッパ》】へ行っているので、その時に買ったのだ。

本当は元公爵用と、自分用の収納バッグも買おうと思っていたのだが、魔道具屋で見た値段に驚いた俺は、とりあえず元公爵用だけ購入した。自分の分は、普通のバッグを買い収納バッグのように偽装すれば済むからな。

元公爵用に購入した収納バッグは、元公爵によると大きな倉庫一棟分らしい。

値段にして、１５００万リブラ……日本だったら高級外車が買える値段だ。

俺からしたら清水の舞台から飛び降りる覚悟だったけど、買い物についてきたアネットさんは、

「あら、お得なお値段ですわね」ですって……恐るべし貴族。

とか思ったけど、【黒妖精の穴蔵《フマラセッパ》】を出ると、この手の商品は倍の倍の倍の値段になるそうだ。

しかも中身の時間が停滞する魔法がかかっているから、本当にお得だったようだ。

俺の手持ちのお金はガクンと減って青息吐息だが、まぁ今まで通り採取に励めばなんとかなるだろう。

そうそう、パンをお願いしている孤児院だけど、孤児たちに唐揚げがウケたらしく、年長の子に、ぜひ朝の屋台でパンに挟んだ唐揚げサンドも売り出したい、と言われた。

本来だったら商業ギルドにレシピを登録して、孤児院サイドがレシピを購入するという手順が必要になる。しかしギルド経由だと、割と高額な手数料が毎月発生するらしく、これも寄付みたいな

もんかな、と思って条件付きでレシピ使用を許可した。

一つ、レシピを他に公開しないこと。

一つ、揚げ油はこまめに変えること。

揚げ油を変えないのは体にも悪いからね。俺がいれば浄化の魔法がかけられるけど、ずっと通うわけでもないしな。

あと一つ、唐揚げに合うとっておきのアイテムも渡した。

マヨネーズだ。

卵とか油は手に入ったので、自作しておいたのだ。だけどこればっかりは浄化をかけないと不安だから、俺の秘伝レシピとした。

そのマヨネーズに、保存食で瓶詰めされた漬物《ピクルス》を細かく切って、茹《ゆ》でた卵や玉ねぎも細かく切って投入し、混ぜればタルタルソースができる。

マヨネーズとタルタルソース、両方楽しめるって寸法だ。

しかし日持ちしないので、タルタルソースはその日のうちに捌けるだけしか作らない、などを決めた。

早速屋台で孤児院印の塩唐揚げサンドを販売したところ、好評ですぐに完売してしまったと、孤児院へ次のパンを受け取りに行った時に聞いた。

これで自分を育ててくれている孤児院に貢献できると、孤児たちが喜んでとても感謝してきた。

唐揚げ自体はすぐ真似されるであろうが、その時はまた別のレシピを考えようと思う。

そうした慌ただしくも穏やかな日々は、順調にすぎていった。

呪いの作用を薄めようと、泉の水を飲ませている狼たちの様子は以前と変わらずで、呪いが薄れているのかわからないが、多少なりとも薄れていると神様を信じよう。

それから、たまにイーヴァルさんやイズンさんたちの工房にも遊びに行っている。

孤児院の塩唐揚げサンドと、ついでに揚げてもらった素揚げのニンニクと砂肝に塩胡椒《こしょう》で味をつけたものを持っていったら、酒のアテに良いと喜ばれた。

ふふふ。おお酒よ。愛すべき酒よ。やはり酒飲みの舌は異世界を飛び越えて万国共通。

このままホルモンを食べる文化も定着させてやろう。たまに甘党のヤツもいるから、甘いものを何か開発しても良いかもしれない。あんことか。あとは酒だな。米もあるから、泡盛に……ポン酒を作るのも良いな……

果てしなき悪巧みを構想しながら日々を過ごすうちに、初めて【黒妖精の穴蔵《フマラセッパ》】に行ってからあっという間に一ヶ月が経ち、頼んでいたモノたちの納品の期日が来たのだった。

◇　◆　◇　◆　◇

仕上がりの期日がオークション当日ということで、【黒妖精の穴蔵《フマラセッパ》】に向かった俺は、まずは商業ギルドに行く。

オークションの中継が入る時間を聞いたら、おおよそ、太陽が中天に差し掛かる前……鐘が四つ鳴った、光の四の時に始まるそうだ。おおよそ前の世界だと十時くらいだろうか？

ちなみにこの世界の時刻は、日の出から日没までの光の時と、日没から日の出までの闇の時で別れる。

日の出に鐘が鳴り、それが光の一の時の合図だ。それから太陽の傾きと進み具合なんかを見ながら、光の時が基本的には十二分割されるように鐘が鳴らされる。闇の時も同様だ。

基本的には、というのは、季節によって分割数が十から十四まで変わるからららしい。季節によって太陽が出ている時間がかなり変わるのだろう。今はちょうど十二分割される時期なんだって。

ツクヨミが説明してくれたけどよくわからなかった。しかし、七曜計がデジタル時計のように時を示してくれるので、俺は大助かりである。買ってよかった七曜計！

ともかく、通常のオークションは貴族たちの社交も兼ねて夜に行われるそうだ。

しかし今回のオークションは、周辺の国でも類を見ないほどかなり大きな催し物で、各国から多くの金持ちな貴族や商人が現れるようだ。そのため、昼から開催されるんだとか。

遠方すぎて来られなかったり、道中にどうしても治安の悪い地区を通らねばならず現地に行けなかったりする者たちのために、中継を通して参戦できるシステムもあるという。

オークションが始まるまでまだだいぶ時間があるので、朝食の屋台を楽しもうか、という話になった。

今回、オークションを見たいと【黒妖精の穴蔵《フマラセッパ》】についてきたのは、母様こと、アネットさん、お祖父《じい》様こと、元公爵に、ティーモ兄様こと、ティーモ君だ。

精神的に気恥ずかしくもあるが喜んでくれるので、なんとか各々希望の呼び名を言葉に出せるようになった。

母様は帝国の人間がいるとまずいため、昨日の夜に獣化してから、軽い皮の装備を着け全身マントで覆ってもらっている。

初めて会った時から一ヶ月、月の力も強まっている日だから、変身できたのだ。

そんな母様は、頭の毛にもビーズ飾りなどを付けて可愛らしくオシャレを楽しんでいた。

【黒妖精の穴蔵《フマラセッパ》】にもちょいちょい獣人がいることもあって、上手く街の人々に溶け込んでいて安心した。体格が良く驚かれてはいたが……

ちなみに一応三人とも、鑑定されないようにする魔法を、ツクヨミにお願いしてかけてもらった。ズバリ【鑑定除け】という、そのまんまの名前の魔法だ。

あっちの屋台にフラフラ、こっちの屋台にフラフラと、少量ずつ購入しては、みんなで味見をした。

俺的には、砂糖がかかっていない鈴カステラみたいな、名もない丸い小さな焼き菓子がほんわりとした甘さでなかなか美味かった。温めた牛の魔獣の乳と一緒に飲むとまたほどよい旨さである。

お祖父《じい》様とティーモ兄様は、とにかく肉を食べまくっていた。朝からガッツリ肉……肉……肉……うっ。食べてないのに胸焼けが……

母様はラップサンドのような、薄い大きな生地に野菜や肉をぎゅうぎゅうに詰めて、タレをかけて巻いたものを一生懸命《いっしょうけんめい》食べている。

つい最近まで后妃様という立場だったお方だ。路面で出店している屋台で購入したものを、ワンハンドで食べ歩くのが楽しいみたいで、堅苦しいお付きの人たちがいない間、それを満喫《まんきつ》している。

きっと皇城で出されていたお茶よりグレードが低かろう粗茶で喉を潤し、満面の笑みだ。

彼女たち……俺の異世界での血縁者たちは、出会った当初の暗い表情が、穏やかな日々を過ごうち内に今はどことなくすっきりしていて、みんな前に進めていると感じた。

前に進むために、どこかで心の折り合いを付けたのであろう。

孤児院の塩唐揚げサンドの屋台も覗いてから、俺たちはそのまま商業ギルドに、オークションを見に向かうのだった。

そして現在、母様は俺を片腕に乗っけてニコニコご機嫌だ。人形のように動かなかった以前の俺の体と違い、動いて話すことが何よりも嬉しいみたいだ。俺も母様にくっ付いていると、心がポカポカしてリラックスできる気がする。

ここは商業ギルドの中継部屋だ。

さっき商業ギルドに入った俺たちは、副ギルドマスターにこの部屋に通された。

ギルドマスターは補佐官と共に、オークション開催地であるオストハウプトシュタット国へ出張しているらしい。

この部屋に通される時、また高級そうな部屋に案内されるのかなと思ったけど、やってきたのは半地下にある小さな講堂だった。

小さいと言っても二百人くらいは入りそうな規模だ。

他にもたくさん人がいて、いかにも商人らしき人たちや、体のあちこちに宝石をくっつけた、歩く現金輸送車というか……貴族のような人たちがいた。あと、レア素材を期待しているのか職人らしき人たちも。種族は圧倒的にドワーフ族が多いが、他にも人族や獣人族もいた。

オークションに集中する商人たちや貴族たちの、一世一代の落札大勝負という娯楽を観に……というのもあるのかもしれない。

俺は【黒妖精の穴蔵《フマラセッパ》】の商業ギルド的に目玉商品の出品者、もとい稼ぎ頭なので、最前列の真ん中の見やすい位置に通されてしまった。

お隣には副ギルドマスター御一行様がいて、秘書さんらしき人がお茶を出してくれる。

小さな火の魔石をセットして沸かせる卓上ケトルを使っている。電気ケトルみたいでうちにも欲しいなと思い、オークションが始まる前の時間に、副ギルドマスター――カリブンクルスさんというらしい――に、卓上ケトルが売っているお店を聞いたりした。

あと【黒妖精の穴蔵《フマラセッパ》】に来て以来気になっていた、焔の尖塔の炎を、なぜ一般市民が煮炊きに使用しないのかなどを聞いた。

あの炎があれば孤児院の燃料費が浮くのでは？　って思ったからだ。

「ドワーフ一族の古き言葉である『焔の尖塔《我ら》』を正しく理解されて発音しているのも驚きましたが、その炎で煮炊きを考えるとは！　ガッハッハッ！　流石古《いにしえ》の一族！　豪胆《ごうたん》ですな！」

なんか笑われてしまった。

というか、「焔の尖塔」の発音って難しかったのか。翻訳スキル使ってるから気付いてなかったよ。

それに、俺が古の一族——小人族《リリパット》って勘違いは続行中らしい。

それで、なんで炎を煮炊きに使わないかって話だけど、湯が沸く前に鍋が赤く柔らかくなるようだ。

あの炎は、あらゆる金属を柔らかくするらしい。焔の尖塔の炎……なんて恐ろしい子。

といっても、現在使っている金属の炉の扉は、全く融ける気配がない。古の時代より稼働しているので、もしかしたら古き神の時代の頃は溶けない何かの製法があったのでは？　と言われているそうだ。今ではその製法は廃れており、多くの研究者たちがなぜ廃れたのか首を傾げているんだとか。

炉がカパカパ常に開くのは、炉の扉が溶けないようにするためなのでは？　とも言われているそうな。実際のところはわからないが。

扉を【神眼】で見たら……と考えてみたが……なぜ廃れたかわからないし悪戯《いたずら》に復活させるのもな……と思いやめておいた。

焔の尖塔の炎が使えるのは、古き神の時代より、古く代々鍛冶を行っているドワーフ一族だけで、炉は増えることも減ることもない。焔の尖塔の炎が使えない者は、時間はかかるが炭を使うそうだ。

つまり焔の尖塔の炎を使える鍛冶師は、血筋が代々ドワーフの、由緒《ゆいしょ》ある御家柄の職人さんということだ。

そんなところで職人でも出自の格差があるのかとちょっと思ってしまった。が、金属の扱いに長けたドワーフ族に弟子入りする者も、独り立ちしたら他国に行って身を立てるのがほとんどなので、実際それに関しての格差はないのだろう。

ちなみに、お弟子さんを多く抱える工房では、お弟子さんが他国に行って困らないように、炭や薪を使う炉もあるそうだ。

ドワーフは妖精族らしく人族より長命だけど、生涯一人か二人しか子供も生まれないみたいだし。

そんな話をしていたら、目の前の大きなスクリーンが稼働し、オークションのオープニングセレモニーがはじまった。

ラッパのような楽器のファンファーレに、飛び散る花々。人々はその花を追いかけ身に飾る。音もクリアに聞こえるし映像も鮮明でカラーだ。

ハッキリ言って、俺が子供の頃見ていたブラウン管のテレビより、音質も映像も断然良い。

こういうイベントでありがちな出だしから、オストハウプトシュタット国代表の言葉《あいさつ》があってから、オークションが始まった。

世界各地から集められた、珍品や超レア素材が次々と競りにかけられていく。

どうやら、この中継会場とは別の会場でも競りが行われているそうなのだが、スクリーンに映し出されるのは、その中でも群を抜いてレア度が高い、王族も見守る品物ばかりだった。

スクリーン越しに【神眼】が使えるか試したら問題なく使えたので、競りに出されたものを鑑定していく。

あの！　勇者の剣‼

麗しき！　聖者の涙‼

古代最強！　神代の矛‼

とか言われても、なんのこっちゃいな？　って感じだったたし。周りは驚いたりしているので通じているのだろう。

『えっと……聖者の涙……別名、深淵の支配者《デニッシュメアリー》……五十カラットのブラックダイヤ……美しい外観とは裏腹に……このダイヤで身を着飾ると……あらゆる人々の心の内が聞こえる……え。怖っ！』

『おお。聖者でさえ、人の悪意に涙するという忌まわしきアクセサリーじゃないですか。久々に見ましたよ。まだ存在していたのですね～』

『うわ……自ら人間不信に陥るアイテムを手に入れる奴なんているのか？』

『まぁ人の心の内を聞くには手頃なアイテムですからね。需要は高いですよ』

『……手頃ねぇ』

スクリーン内と周りは白熱しているが、割といわく付きな代物が多く、出品されたそういう品々は持ち主が亡くなったため……との理由が多かった。それでも欲しがる人がいるのは業が深い。

俺が覚悟を決めて購入した収納バッグの値段を軽く飛び越え、あらゆるものが怒涛《どとう》の勢い、かつ超高額で競り落とされていく。

金なんて、あるところにはあるものだ。

競り負けて叫んでいる者、崩れ落ちる者、泡を吹いて倒れる者など様々だ。

この商業ギルドでもオークションに参加するものがいて、だいぶ室内は白熱していた。

そうこうしているうちに、時刻は光の六の時。外に出れば太陽は頭上に現れているに違いない。

この世界でも普通に朝昼晩と食事をするが、ここ商業ギルドがオークションの観覧に来ている人たちに昼の準備をしてくれたらしい。

俺と母様に軽食のサンドイッチとスープが出され、従魔扱いのお祖父《じい》様とティーモ兄様には、山盛りの生肉が出され、二人はしょんぼりしていた。

「ははは！　うちの従魔はグルメなんですよ！」

そんな話をしながら、収納してた屋台飯や、俺が作った昨日の夕飯の残りの焼飯オムライスなどを出した。

焼飯オムライスは文字通り、肉とか微塵切りにした香味野菜とご飯を醤油味に炒《いた》めた焼飯に、ふわふわたまごオムレツを載っけてケチャップをかけたものだ。ちなみにケチャップは、トマトなどを収穫し、スパイスも【黒妖精の穴蔵《フマラセッパ》】で手に入れられたので自作したのだ。

そうそう、泉の水も忘れずにね。

すると、カリブンクルスさんが目を細めた。

「その水……あと見たことのない食べ物ですね……」

やべ。多分鑑定をしたのだろう。

商業ギルド内なんだから、鑑定できる人材がどこにいてもおかしくない。人物鑑定はできないようにしたのに!! 日本人特有の警戒心のなさをこんなところで披露してしまったのが悔やまれる。

「オ……オークションが終わりましたらご説明いたしますのでここでは……」

「……かしこまりました。後程、席を設けましょう」

コソコソとカリブンクルスさんと話しながら、怒涛の勢いで競りをするスクリーンに意識を戻す。

俺が提供したアンダーザローズの硬貨は、いわく付きでないこと、状態が良いことなどを理由に、超目玉品として最後の方に出品されるようだ。

今までの競り落とされた値段を見るに、心臓が痛くなる数字を叩き出しそうで怖い。

ちなみに同行者である母様たちには、俺が何を出品しているとも話していない。事前に言っておけば良かったかなぁ……

時と共に、どんどん競り値が上がるオークションを見ながら、俺は途方もない気持ちで来るべき時を待つのだった。


しばらくオークションを楽しんでいると、遂に俺が出品したアンダーザローズの硬貨の番が来た。

一枚ずつ、渋い革張りの見事なケースに入れられている。

黒い天鵞絨《びろーど》素材の布に載った硬貨。磨かれたのか、キラキラ光るそれらは、右から順に銅貨、大銅貨、銀貨、大銀貨、金貨、大金貨と並んでいる。

カメラワークも、硬貨を印象付けるようにトランクアップから～の、上手から下手にかけてのじわパンで、じっ～くりと硬貨を魅せてくれる演出が入る。

本会場の観客たちも息を呑み、会場に映し出されている大きなスクリーンに釘付《くぎづ》けになっているのが見て取れた。

参加者には出品目録《カタログ》が事前に配布され、その後、各地の参加者にも配られている。今回俺が出品した貨幣は、オークション出品登録がギリギリすぎて目録《カタログ》印刷に間に合わなかったそうだ。

さらにカリブンクルスさんが言うには、いわく付きでないことも含めて、目玉商品とかシークレット枠みたいな色物？　扱いになったようだった。

毎回そのような商品があるのもこのオークションの見どころらしく、期待が集まっていたとか。

そして数秒後には、本会場がとんでもない盛り上がりを見せた。

盛り上がり、カメラは観客を横移動で映し、スクリーン上には、悲鳴を上げる者や歓喜する者、愕然とする者、じっくり品を見定める者など見てとれた。

カァーーン！

木槌《ギャベル》の音が鳴り、司会進行兼競売人《オークショニア》の声が響き渡る。

「紳士、淑女の皆様！　本日の超目玉商品《メインエクジビット》！　この度、我が国のオークションでも見たことがないほど貴重な、古代！　幻の城郭都市《オムニア・ウァーニタース》の硬貨！　全種とも正真正銘本物の薔薇貨幣《ローズコイン》が、美しい状態で出品されました！」

会場内は驚きに包まれ、歓声がわき上がる。

競売人《オークショニア》を映していた映像が硬貨に移り変わり、スタッフなのか白い手袋をはめた手とコインが映し出された。コインがケースから出され、クリスタルの板に丁寧に挟まれ立てられる。

「まずは銅貨から！」

クリスタルに挟まれた銅貨が、回転台に載せられ、ゆっくりと回転しながら裏表映し出された。

「美しき花には棘がある……表には麗しき薔薇《ばら》の女王の横顔……そして裏には一本の薔薇とローズ城が刻印された銅貨……数多《あまた》の鑑定士の手を渡り、本物と証明された硬貨です！　とても一万二千年前の品とは思えない輝き。さて皆々様、ご準備はよろしいでしょうか？」

多分、鑑定スキルを持っている人々用の時間だったのだろう。硬貨をじっくりと百八十度映したら、いよいよ競りだ。

「まずは最低価格《リザーブプライス》からのスタート！　五十万！」

「六十！」

「七十！」

早い。とにかく早い。

どんどん手が上げられ価格が吊り上がる。若干失速すると競売人《オークショニア》の絶妙な煽りが入る。

「お前らヒヨりすぎだろ？　ビビッて股間が縮んでるのか？」（要約）

『その中途半端に上げた手のお前は、空想の母ちゃんのおっぱいでも搾ってるのか？』（要約）

みたいな……

あまりにも下品な言葉で心配したけど、それを見ていた母様は、気にしてないみたいで良かった。

むしろお祖父《じい》様が、ウヘェって感じの顔をして、ティーモ兄様の耳を器用に獣の足で塞いでいた。

ティーモ兄様はキョトンとしていたよ。

煽られた買い手は逆上したのか、さらに値段を吊り上げる。

『こわ！　百万超えた……え？　銅貨だよ？　１００リブラだよ？』

『あの競売人《オークショニア》、かなりの手練れですね。このオークションを完全に支配しています。良かったですね那由多。手練れの競売人《オークショニア》に進行してもらえて』

『良かったというか怖いよ……』

俺がいる会場でもオークション参加者がいるのか、静かな闘いが繰り広げられていた。

そして俺たちはというと……

『ガウ……《あれはナユタがアンダーザローズの都市で使っている硬貨では？》』

『キャウ《すごい価値がある硬貨だったんだね》』

とか、小さなガウガウ語で会話してる。俺も知らなかったけど、そうみたいです、と返しておいた。俺が提供したってモロバレだよな。

かなりのマニアアイテムらしく、帝国の古い名家出身のお祖父《じい》様も、アンダーザローズの硬貨がこんなに価値があるとは思っていなかったようで驚いていた。

「百九十二！　百九十二‼」

競売人《オークショニア》が数字を声高《こわだか》に叫び、木槌《ギャベル》が打ち鳴らされる。

１００リブラが１９２万リブラで落札されたようだ。何が何だかわからない。

隣のカリブンクルスさんが、片手で小さくガッツポーズをしていたのを見てしまった。

もしかすると、お任せした最低価格《リザーブプライス》は、カリブンクルスさんが設定したのかもしれない。

最低価格《リザーブプライス》は物の価値がわかっている人でも難しい。ネットのフリマとかオークションが良い例である。

高くても買い手がつかないし、安くても価値が下がり想定の値段より安く買い叩かれてしまう。

ガッツポーズから察するに、今回は主催の商業ギルドにとって高めに予想していた落札価格より、さらに高めだったに違いない。

続けて大銅貨、銀貨、大銀貨、金貨、大金貨と、オークションは競売人《オークショニア》に煽られながらズンズンと進行していく。

他のオークションでも思ったけど、競売取引《競り》が早い。

考える暇もなく値段が吊り上がり煽られる。俺は結構のんびり屋だから、潤沢な資金がなければ競売はできんな……と思いながら時の流れに身をまかせ、静かに白熱したオークション会場を視聴する。

そして俺が出品した、最後の大金貨のオークションの木槌《ギャベル》が鳴り響いた。

俺の出品した硬貨が最後の出品《大トリ》だったらしく、これでオークションは、挨拶と他で開催されるオークションの宣伝をして閉会した。

まだまだオークション会場内は、異様な熱気に包まれ興奮冷めやらぬほどだ。

横に座ったカリブンクルスさんはめちゃくちゃ良い笑顔だし、商業ギルドスタッフたちの表情も明るい。

この後、俺たちは総落札額と、聖水と焼飯オムライスのお話し合いもある。

まだまだ商業ギルドにご厄介となるが、この場のオークション視聴はお開きになった。

ギルドの講堂で映し出されるオークションは、この昼間の大きなお金が動くメインオークションだけだそうな。

あとは個々で、それぞれ希望のオークションへのアクセス権を購入することで参加できるようで、俺も少し興味があったけど、とりあえずカリブンクルスさんとのお話し合いをしに席を立った。

相変わらず俺は母様に抱えられたままだ。

このオークション本会場にいる人々は、この後、夜にあちこちで開催されるまた別のオークション会場に足を運ぶのかもしれない……羨ましいな！


そうして講堂から出る時に、一人の男から声がかかった。

「もし、失礼しますが、そちらの狼型の従魔の主人《マスター》はどちらで？」

「俺ですが？　何か御用でしょうか？」

俺は訝しみながら、母様に止まるようにお願いする。

「いえ。そちらの狼型の従魔をよく躾《しつ》けてらっしゃるので。しかも人の言葉を理解していますよね？　一匹お譲りいただけないかと思いまして。私、魔獣コレクターのヴェルミクルムと申します。今回たまたま【黒妖精の穴蔵《フマラセッパ》】に仕入れの用がありまして、丁度オークションが開催されるとのことで商業ギルドに訪れたのですが。運命の悪戯か、目の前の席に人の言葉に反応して幼獣の耳を塞ぐ従魔がいるではありませんか。私、目を疑いました。その後も言葉を理解している様子で大人しくオークションを見ているのが見えましてね。私、是が非でも欲しくなってしまいまして、ぜひぜひその従魔お譲りいただきたい。お金に糸目はつけませんよ？　どうです？」

すごい。こっちが何か言う前に一気に捲し立てたぞ？

そもそも魔獣コレクターって何だ？

お祖父《じい》様とティーモ兄様は鼻に皺を寄せ、牙を剥き出しにして、無言の威嚇で怒っている。

母様からもビリビリと威圧《怒り》が飛んでくる。顔を見るのが怖い。

俺は不審に思いながら口を開く。

「申し訳ありませんが、この従魔は家族のような……いえ、家族ですので、譲るとかお金で売買などは考えられません。ご要望にお応えできず申し訳ありません」

「……そうですか……いやしかし……いや、そうですか。とても残念です。引き止めてしまい申し訳ありませんでした」

「いえ。それでは失礼します」

母様の威圧《激オコ》が効いたのか、魔獣コレクターは身を引いた。

俺は、話は終わったとばかりに、未だ怒っている母様に、案内のギルド職員についていってほしいとお願いした。

背中にねちっこい視線が絡みつく気配がして、気持ちが悪い。

『那由多……』

『ん？』

『あの魔獣コレクター……那由多の一族と同じ血の匂いが付いています』

『え？　俺の体の親戚ってこと？』

『違います。皮膚に染み込んだ匂いというか。良くない気配がします。ですが糞女神の加護がついた何かを持っていて、私では探れません』

『……あとで母様とお祖父《じい》様に言ってみよう』

『それが良いでしょう。当事者たちも、何か匂いを感じ取っていると思われます』

『うん』

突然、他人の従魔を欲しがるとかとんでもないやつだし。

今回の用件が終わったら、しばらくお祖父《じい》様とティーモ兄様の二人は【黒妖精の穴蔵《フマラセッパ》】に連れてこないようにしよう。何かあったら嫌だからね。

何となくモヤモヤしながら、カリブンクルスさんとのお話し合いに向かうのだった。

幼児×オークション結果

通されたのは、以前通されたセレブ部屋だった。

毛穴の奥底から、衣服の繊維一本一本まで洗浄するかのように浄化をかけたよ。めちゃくちゃすっきりした。癖になりそう。

俺の家族の三人も、バッサバッサと尻尾をフリフリしてらっしゃる。いつもと違う浄化魔法が気持ちよかったんだね。

俺は依然、母様に抱っこちゃん人形よろしくしがみ付きながら、副ギルドマスターの正面の高級椅子に座った。

「さて。お時間をいただきありがとうございます。早速本題ですが、この度は貴重な硬貨の出品、感謝いたします。今回開催された商業国家オストハウプトシュタット国、商業ギルド本部のギルドマスターも、率先して張り切って競売人《オークショニア》として取引に参加させていただきまして、ご覧の通りの結果となりました」

お。カリブンクルスさんが商談モードに入った。

さっきまで他のドワーフと同じく、ガサツな感じだったけど、商談モードになるとガラリと口調から雰囲気までも変わったよ。

それにしても、あの競売人《オークショニア》は商業ギルド本部のギルドマスターだったのか……なるほど、オークション会場での場の百戦錬磨感がすごかったしな。

『やれやれ。品物を鑑定しても、人物を鑑定する癖は一向につきませんね……』

『プライバシーって大切だと思うの。人権ですよ』

ツクヨミはピンときていない様子だ。

すると、母様も俺と同じように感じたのか、感心したように口を開いた。

「あの競売人《オークショニア》は商業ギルド本部のギルドマスターだったのですね」

「はい。一世一代の大仕事だって張り切っていましたよ」

「競売が一つのショーみたいで、思わず見入ってしまいました」

「競売人《オークショニア》として、ショーのように『見入った』と言われるのもまた褒め言葉ですので、本部のギルマスも喜ぶと思います」

カリブンクルスさんはそうニッコリしながら言って、補佐のギルド職員を呼び書類を取り出した。

「さて、今回の出品物の売上金の内訳です。税金や手数料の諸経費は、落札価格に上乗せして落札者側の負担となります」

「はい」

なるほど。落札価格はそのまま、出品者であるこちら側に振り込まれるってことか。

「今回、第三者であるリンランディアと【黒妖精の穴蔵《フマラセッパ》】の商業ギルドを通しての出品となりましたので、以前の契約通り、リンランディアに20％、【黒妖精の穴蔵《フマラセッパ》】の商業ギルドに10％分の、計30％を引いて、ナユタ様の口座に振り込ませていただきます」

「はい」

「それでは内訳ですね」

そう言って、カリブンクルスさんは紙を見せてくる。

銅貨　１９２万lb
大銅貨　１５８９万lb

銀貨　７８００万lb
大銀貨　１億４０００万lb
金貨　２１億５０００万lb
大金貨　５８億２０００万lb
合計　８２億５８１万lb

「落札価格そのままのお値段です。こちらをご確認お願いいたします」

「……はい、確かに」

「？　ナユタ様は変わった指の動きで計算するのですね」

そう、俺は無意識のうちに指で頭の中のそろばんをはじいていた。

「あ……あはは、子供の頃に、特殊な計算機を使っていまして……癖で……あははは！」

思わず日本人的秘技、『笑って誤魔化す』を発動してしまった。今も子供だろうとか言われそうだけど。

「子供の時に使っていた特殊な計算機……とても気になりますね。そちらの方も後程、お伺いしても？」

「はいー……喜んでぇ……」

デスヨネー。声が上擦《うわず》ってしまった。

『お伺い』が、尋問とかそう言うのに聞こえるのはなぜだろうか。

というわけで、８２億５８１万リブラから、商業ギルド分が８億２０５８万１０００リブラ、リンランディアさんに１６億４１１６万２０００リブラで、残りの５７億４４０６万７０００リブラが、俺の手元に残るってことだ。

正直、数字がデカ過ぎて実感が湧かないというか、よくわからん。１１１１万１１００リブラが約、五百十七倍になって手元に帰ってきた。

呆然としながらも、数種類の書類に目を通し、小さな手でせっせとサインを書き込む。

なぜかツクヨミが、『ふっふっふっ。いささか少ないようにも感じましたが、まずまずですね』と、上機嫌だ。

俺が書き込んだ書類は、契約魔法を込められていたようで、書き終えると筆跡がじわりと光る。無事契約が終了したようだ。

「さて、オークション代行出品の契約は、こちらをもちまして終了とさせていただきます。硬貨をご提供くださった、ナユタさんの個人情報などは【黒妖精の穴蔵《フマラセッパ》】の商業ギルドを通していますので、他に漏れることはございません。他、何か疑問点はございますか？」

「私から硬貨が出品されたことが漏れなければ、他は特にありません」

硬貨（高価）なだけに、余計な厄介ごとを抱えそうだしね。俺はどちらかというと細く長く派だから、目立たずひっそりと平和に暮らしたいんだ。

『世界の貨幣バランスが崩れない程度にじゃんじゃん出せば良いのに……』

『だまらっしゃい』

ツクヨミに内心で突っ込んでいると、カリブンクルスさんの目が光る。

「――では、先ほど従魔に出していた水、そして食事と計算機の話をさせていただきたいと思います」

「はぃ……」

「まずは水ですが、聖水と鑑定に出ておりましたが……」

「えっと……」

まさか「家の裏に聖水が湧く泉があります」とか言えないよなぁ……

「秘匿しますわ」

「「え?」」

俺の髪の毛を、器用に動く獣の大きな手で、三つ編みにして楽しんでいた母様が、突然話に参加した。

「ですから、秘匿しますわ。我が一族の保有する禁足地の泉から湧き出る聖なる水ですの。部外者には禁秘なのですわ」

母様……秘匿とか言いつつもめっちゃ言っているよ……まぁ良いけど。

「なるほど……ところでナユタさん、今更ですがそちらの方は……? 護衛ではないのですか?」

「はい……あの……」

チラッと母様を見る。母様はニカッと笑うように目を細め、カリブンクルスさんにキッパリ言い放った。

「ナユタの母です。息子がいつもお世話になっております」

母様は胸に大きな手を当て、副ギルドマスターに浅く礼をした。母様の尻尾が左右にめっちゃ揺れている。

カリブンクルスさんは驚いたのか、口が半開きのまま止まっていた。

『キャー！　憧れていた言葉を言えましたわー‼　って、感じで滅茶苦茶喜んでいますよ。アネットさん』

『母様……』

ツクヨミが母様の声音《こわね》を真似して、母様の心の内を教えてくれた。

なんか……泣けてきた。いっぱい子供にしてあげたいことがあったんだろうな……

「……あ……失礼しました。家族のカタチは千差万別ですから」

カリブンクルスさんは少しすると頷いたのだが、そんなことを言った。

見た目が獣人と小人族《リリパット》だからな、実の親子ではないと思ったんだろう。

血の繋がった親子なんですけど……納得してるみたいだしまぁいいか。

「……それでその泉の聖水なのですが、どこで手に入るかはお伺いしません。そのかわり、定期的に商業ギルドに卸していただくことは可能でしょうか？　勿論、仕入先のナユタさんほか、一族のことは契約魔法にて秘匿させていただきます」

俺としては問題ないんだけど……

『ツクヨミ……聖水って卸しても大丈夫なのか？　貴重なものって聞いたけど』

『聖水を作る神が消えているので、貴重であることには変わりませんが、神に祝福された名残《なごり》のある場所では、多少なら採取されているようです。少量ならば、そう大きな騒ぎになることもないでしょう』

『わかった。少量だな。あ、でもさっきの奴とはあまり会いたくないからな……』

『あの魔獣コレクターですか？』

『そう』

ツクヨミとの相談を終えた俺は、カリブンクルスさんを見る。

「少量でしたら可能ですが、定期的というのは難しいかもしれません」

「というのは？」

「実は先ほど……」

俺は、先ほど会った魔獣コレクターの件をカリブンクルスさんに伝える。

彼がいると狙われているお祖父《じい》様たちを連れてこられず、かといって俺一人では危険かもしれないため、【黒妖精の穴蔵《フマラセッパ》】に来訪することすら難しい……と、ちょっと盛っておいた。

実際のところ、食事を買ったりしないといけないので、来ることは確実なのだが。

「魔獣コレクターのヴェルミクルムですか……」

「はい」

「あの男は最近、北の帝国から【黒妖精の穴蔵《フマラセッパ》】に来るようになりましてね。獣人や魔力の高い者を集めているようで、他の街でも珍しい魔獣の他、孤児院や奴隷商を物色して買い付けているようです」

「魔力の高い者を集めてどうするのでしょうか？」

「それも聞いた者がいたそうですが、『女神様の糧《かて》とするのです』と、言っていたそうです」

やっぱり、あの糞女神と関わりがあったか。まさか北の帝国から来ているとは。

俺がパンを頼んでいる孤児院も、人身売買などの被害がないと良いんだけど……

「それから、マントの裏の腰には、小さな魔獣の尻尾や脚をぶら下げていましてね。何の魔獣か聞いた者がいたそうですが、『人間の貴族に化けていた貴重な魔獣が、女神様の糧として献上されたのでお残りを祝福としていただきました。素敵でしょう？』と言われたそうです。糧とは何なのか……我らドワーフをはじめとした妖精族の信仰する神は、自然しかありませんので、そのようなものをありがたがる人族の女神崇拝《すうはい》は、我々にしたら理解ができかねます」

……糞女神の加護がついた何かってそれのことか……俺の一族の匂いがするってつまり……ひどいことをしやがる。

あ……！　お祖父《じい》様！　ティーモ兄様!!　爪が！　お高そうな、お絨毯に食い込んでます！

いや。俺も漢だ。手持ちの金もある。この部屋の修理費用は受け持ちます……!!

そんな二人の様子に気付いたのか、カリブンクルスさんは苦笑する。

「ほっ！　これはこれは。同じ魔獣仲間の遺骸を弄《もてあそ》ぶ者に、怒りを抑えきれなくなったようですな。威圧もすごい」

「私の従魔たちは感受性が高くて……申し訳ありません。こちらの絨毯は弁償させていただきます」

「いえ、こちらは私が作った絨毯《モノ》、まだ何枚かございますので、弁償は結構ですよ。今回那由多さんには稼がせていただきましたからね。当ギルドの今年の予算も増えましたし」

流石ドワーフ……この高級そうな厚手のお絨毯が手作りでした……

「では、通信魔道具をお渡しします。ヴェルミクルムが【黒妖精の穴蔵《フマラセッパ》】から出立した時に、商業ギルド《こちら》からご連絡を入れるようにしますね」

そう言って渡されたのは、クルスタルのようなものだった。

おお！　携帯電話みたいなものかな？　他国の中継も見られるし携帯っぽいのも出てきたし、割と異世界って便利なのでは？

「はい。ありがとうございます」

とりあえず、今回は多めに食事を仕入れて帰って、しばらくはこっちにこないでも済むようにしておこうかな？

それから焼飯オムライスについては、俺が作った調味料を使っていると説明しつつ、そろばんの方は紙に形を描いて、説明した。

どうやら似たようなものはあるそうだが、この形は新しいということで、カリブンクルスさんが商品化するつもりだそうだ。

調味料についても説明しようと思ったのだが、話し合いにだいぶ時間を使っていて、もう夕方になっている。

そちらについては明日、改めて時間を取ることになった。本来の目的である依代を受け取った後にね。

今日のお泊まりは商業ギルドが用意してくれたよ。

「ではこちら、通信魔道具《クリスタル》のお貸し出し用の書類、並びに聖水に関する書類です。調味料やレシピなどは、明日また書類をお渡ししますので、よろしくお願いいたします」

「はい」

やっと商業ギルドでやらないといけない、一番大きなことが終わったよ。

「このあとはどうするのですか？」

「そうですね、夜にやるというオークションも気になるのですが……おすすめのものなどはありますか？」

「それでしたら――」

ということで、カリブンクルスさんに、とあるオークションを教えてもらい、アクセス権を100万リブラで購入した。

この部屋は次の予定があり、他の商談部屋もすでに埋まっているということで、長らく使用していなかったという部屋を使わせてもらうことになった。

大きな中継会場もあるみたいだけど、また大勢がいる場所に行ったら、変な輩《やから》に目をつけられかねないからね。

ずっと使っていなかったということで、部屋には家具なども入っていなかった。だが、俺が浄化をかけてカリブンクルスさんお手製の高級そうなお絨毯を何枚か重ねて、そこに座るスタイルで視聴する感じになった。

ついでに何個か収納してたクッションを取り出し、居心地の良い空間へと変える。

夕食は、カリブンクルスさんおすすめのご飯を出前で取ることにした。するとギルド職員さんがわざわざ部屋まで届けてくれることになった。

うん、至れり尽くせりだ。

どうやら俺は商業ギルド内では、冒険者ギルドより高品質《ハイグレード》な商品を納品してくれるお得意様のような扱いになっているらしい。

しかも、今回のオークションの売上が良かったことで、ギルド職員にも多少御小遣いが出るようで、ギルド職員さんがみんな、良い笑顔で対応してくれた。

俺も調子に乗って、ご飯を届けてくれたギルド職員さんに、残ったお金は皆さんの酒代《夕飯》にでも……と多めにお金を渡しておいた。

『なっはっはっはっ！　懐が暖かくなると、この暖《幸》かさを人様に分けたくなってきますなぁ！』

『那由多……アレみたいです』

そんな俺に、心なしか冷たいツクヨミの声がかかる。

『アレ？』

『……え〜っと……そうこれこれ。夜のお店《キャバクラ》で会社のお金使って散財する社長！』

『はい！　アウトーー！　それ言ったらダメなやつ！』

そういや前働いていた会社の社長《エロジジイ》は、接待費として会社の資金でキャバ嬢《若い女》に貢いでたよ！

それと一緒にされた俺の心は、スルメイカより干からびたわ。しおしおのぱ〜ですよ。

心を萎《な》えさせる天才ツクヨミの会心の一撃《ツッコミ》で、せっかくの俺のお大尽《左うちわ》気分が消えてなくなった。

『おや？　何か間違っていましたか？』

『間違いというか何というか……当たらずといえども遠からずというか……』

俺の気落ちした気配を感じたのか、お膝抱っこをしてくれている母様が、頭を撫でてくれた。

母様のふかふかなお腹にもたれ、それに甘える。

『すっかり甘えん坊さんですね』

『まだ坊やだからね』

人の姿の母様はちょっと気恥ずかしいが、獣化した、ふかふかな母様なら何も気にならない。

母様もそれを察しているのか、俺を存分に甘やかしてくれた。何だかんだと母様のそばは落ち着くのだ。

やがて、スクリーンの魔道具がゆらめき、オークション会場の中継が始まった。

商人たちの熱い戦い《バトル》を観ていたが、昼間のオークションとはまた違う空気感だ。

チラチラと映る参加者たちに、仮面をつけた人たちも多くいた。キラキラとド派手な格好の人がやけに映りこむ。

「キャウ？《随分、仮面をつけた方がいらっしゃいますね？》」

「ガウ《あれはお忍びの貴族や、顔が割れたら良くない方々だな》」

ティーモ兄様の言葉にお祖父《じい》様が答えるが、俺は首を傾げる。

「でも顔が隠れていても、鑑定されたらわかるのでは？」

「あの仮面は、認識阻害をする魔道具です。普通の鑑定スキルくらいでは見破れませんわ。鑑定スキルでも、【叡智《えいち》の瞳】と呼ばれる上位のものでないと見破れないと思います」

「ガウガウ《叡智の瞳など、この数十年持っている者は現れてはいないがな》」

なるほど。ちょっと試したけど俺には丸見えだったけどね。

ド派手で一番目立つ男性は、オストハウプトシュタット国の王様の弟だったよ。

他の鑑定士だとわからないのか……こんなに派手なら身近な人にはバレてそうだけど……

そこから、競売が怒涛のごとくはじまった。

昼間のオークションではじっくりと商品を観せる演出があったけど、夜のオークションではそれがない。

きっと完全なる鑑定スキル頼みで、鑑定スキルを持たないでこの場に来る者はいないのだろう。

と、思ってたけど……粗悪品やガラクタの出品も多く、それらも高額で売れていた。

そういうものを程々に高値で競るのは、ほとんどが仮面をつけた人たちだった。ある意味、お金を使うことを楽しんでる風にも見える。

もしかしたら彼らは、このイベント《オークション》を盛り上げようとしているのかもしれない。

俺みたいな小物とは違う、国のイベントを盛り上げようとする、本物のお大尽様《金持ち》のお金の使い方というのを見てしまった。

しばらくすると控え目なノックが聞こえ、入るように促すと、両手一杯食べ物を抱えたギルド職員さんたちが夕飯を届けにきてくれた。

お礼を言って、ギルド職員さんたちを巻き込み、以前作ったレッサートレントのちゃぶ台を置いて、みんなで夕飯を食べながらオークションを見ることになった。

どこその女王がつけた宝石《ガラス玉》だとか……千年に一度しか取れない幻の実だとか、色々なものが出品されていく。

母様が、「素敵だわ」って言っていたティーセットで競りに初参加してみたけど、早すぎてあたふたしてたら終わってしまった。落ち込んでたら、ギルド職員さんに励まされたよ。

そんな楽しいオークションはお開きになり、商業ギルドの裏口から、ギルド職員さんに今日泊まる宿へ案内してもらった。

商業ギルドで用意してくれた宿は、従魔も一緒に泊まれる清潔《せいけつ》で感じの良いお宿だった。

ティーモ兄様は小さいと言っても、大型犬くらいはあるので、俺よりも大きい。お祖父《じい》様に至ってはサラブレッドくらいあるのでは？　という大きさなのだ。

しかしそんな彼らと一緒に泊まっても、全く問題ない広さだった。

そもそもこの世界の人々は、獣人などをふくめ大きな体をしているせいか、部屋の間取りも随分と広い。

しかもこのお宿は古の時代から従魔と泊まれるのが売りで、岩壁を改造して広めに間取りをとっているそうだ。

ほどよく疲れた体を、ベッドに預け眠りに身を委ねる。

その夜、オークションの競りに参加するけど、現実と同じく一個もハンマープライス《落札》できない夢を見た。なんてこった。

◇◆◇◆◇

翌朝。

身支度を整えた俺たちは、宿屋の食堂に降り、朝食をお願いする。昨晩のうちに、従魔たち——お祖父《じい》様と兄様の分の朝食は俺と同じものを多めに、と伝えておいた。

暖炉《だんろ》で温めた雑穀パンに、カリッカリにグリルしたソーセージやベーコン。とろけたチーズがのった芋やキノコなどの野菜のグリル。野菜や豆、ベーコンの切れっ端が入ったごった煮スープ。

そこに俺が記憶する森から採取してきた柑橘類を足して、なかなか豪勢な朝食となった。

お祖父《じい》様とティーモ兄様は熱かったのか、魔法で霜を降らして冷ましながら食べている。

俺もハフハフと、とろけたチーズがのったグリル野菜と厚切りのベーコンをカリカリに温められたパンにサンドして頬張る。うん。良い塩梅《あんばい》の塩加減で美味しい。

母様は、自前の銀のカトラリーを使い、もっふもふの大きな手で優雅に食べていた。

高貴な方々は、ゲストの会話にすぐ応えられるように、一口ですぐ呑込める量しか食べないよう教育されているという。

そんな上流の所作を間近で見る機会なんて、庶民の俺にはなかなかなかったから、つい目で追ってしまい母様と目が合う。目が合うと、どうしたの？　というように笑いかけられた。ちょっとこそばゆい。

そんな風に俺たちは、なんともまったりした朝食を済ませて、いざ依代を受け取りに、ノーリさんがいるイズンさんの工房へと向かった。


時刻は光の三の時。大体日本で言う朝九時ごろ。大通り《メインストリート》のお店や工房が開く頃だ。

俺は母様の片腕に抱えられ、ダメ人間……いや、幼児期を謳歌《おうか》している。

街の様子を見ながら進むうちに、あっという間にイズンさんの工房に着いた。

ドアの隙間からでも聞こえる金属が叩かれる音と、よく通る掛け声、以前と同じように熱気溢れる活気ある工房だ。

「こんにちはー！」

耳栓代わりのイヤーマフを母様と一緒に装備して、ドアを開け腹から声を出す。

ちなみにお祖父《じい》様とティーモ兄様はお店の前で待ってもらっている。

「おお！　小僧！　よく来たな！　ノーリは奥で最後の仕上げをしているぞ！　頼まれた調理道具も大体出来上がっている！　持っていけ！」

「イズンさん、こんにちは！　もう頼んだ品物が仕上がってきているのですね！　後程お伺いします！」

工房の主であるイズンさんは、今日も機嫌が良さそうだ。

見習いなのか、なんとなく若そうな男性が、働く男たちの脇をすり抜け、ノーリさんがいる奥の部屋へと案内してくれた。

「ありがとうございます！」

奥の部屋に入ると、活気ある工房の喧騒は薄まり、シュッ、シュッ、と刃物を研いでいる音が聞こえてきた。

集中しているところに声をかけるのも悪いかと思い、静かに見守っていると、人が出入りする空気の揺らぎに気が付いたのか、ノーリさんが振り返ってこちらを見た。

「ああ、いらっしゃい。頼まれていたものだが、鏡と玉はできている。刀がもうちょっと良い感じに仕上げたくてね。時間を少しくれるか？」

「はい、構いませんよ」

「そちらに鏡と勾玉がある。確認してみてくれ」

「はい」

ノーリさんに言われた場所を覗くと、柔らかそうな天鵞絨《びろーど》の上に、伏せられた丸い鏡と勾玉のネックレスが置いてあった。

鏡は十五センチくらいの小さなものだが、裏は真ん中に太陽を現した半球、その周りに三つの月とツクヨミを表した半球、その間に異世界ナイズされた鳳凰《フェニックス》、龍《エンシェントドラゴン》、麒麟《ユニコーン》、亀《地龍》の四霊が彫られている。周りは唐草《からくさ》模様でも良かったけど、せっかくアンダーザローズという空間にいるので薔薇の模様を入れてもらった。

鏡面はピッカピカで、はっきりと俺の姿が映った。

うーん。多少肉がついたとは言え、まだまだ肉が薄いな。

『三年間、魔力でエネルギーを賄っていたから、食べ物で栄養を取ることがなかなかできない体になっているんでしょうね。気長にいきましょう』

『うーん。頑張っても体がついてかないんじゃしょうがない。ツクヨミの言う通り、気長にいきますか』

気を取り直して、勾玉に手を伸ばす。

俺がつけられるくらいの小さなネックレスになっていて、トップが勾玉になっている。石は古式ゆかしくジェイドにしてもらった。

素材は【黒妖精の穴蔵《フマラセッパ》】に来る途中で発掘した金属と鉱物だ。

質は良くないがオリハルコンも発掘できたので、ツクヨミに教えてもらいながら錬金術で精製して品質を上げ、ノーリさんに手渡した。

オリハルコンなんてどうしたのかと聞いてきたから、【黒妖精の穴蔵《フマラセッパ》】に来る途中に発掘した、と答えたら驚かれたけどね。

今研いでいる刀は、ミスリルの芯にオリハルコンを入れてもらった。

技術的には無理だろうけど、古代歴史の人物の佩刀《はいとう》や儀仗《ぎじょう》の上古刀っぽい方が良いなと思ったので、折り返し鍛錬など博物館で見た展示の覚えている限りの刀剣の造り方を教えた。刃文に焼き入れすると反ってしまうが、古代の権力者の注文のように、なるべく反らないよう真っ直ぐな片刃の直刀を注文してみた。

それからしばらく、ノーリさんの気が済むまで仕事を見守っていると、ほどなくして遂にノーリさん納得の仕上がりになったようだ。

直刀は二振、俺の背丈に合わせてかなり小さめだ。ごくわずかに外側に反った古式ゆかしい切刃造り、切っ先はキリッとしたカマス鋒《きっさき》。

それぞれ護身の剣と、破敵の剣に見立て、美しい刀身に、護身の剣に南十字星、破敵の剣に北斗七星を彫ってもらったよ。憧れの刀身彫刻!

素材の大部分がミスリルなせいか、白銀に美しく輝いていた。ミスリル銀というだけある。

ひとしきり直刀に見入っていた俺は、そういえば鞘《さや》の注文を忘れてしまった！　と気付いた。だけどそこはノーリさん、ちゃんと用意してくれていたよ。

これまた繊細な彫物が成されたミスリルの鞘だ。所々金が入っていて、鏡と同じく薔薇の意匠が凝らされていた。お揃いにしてくれたようだ。

いやー。浪漫ですなぁ。満願成就したかのような満足感です。

どの品物もあまりにも見事すぎて、もしリンランディアさんに出会わなかったら、この依代を作ってもらうご縁も、資金もなかっただろうと再認識した。

「ノーリさん、とても素晴らしい品物をありがとうございました。なんというか……言葉にできない美しさです。つい見惚《みと》れてしまいました。お代はいかほどになりますか？」

俺の言葉に、ノーリさんは笑みを浮かべる。

「気に入ってくれたようで良かった。代金はそうだな……５０万リブラでどうだ？」

「一つ５０万リブラということですね……ではこれを」

思ったより安くてビックリしつつ、金貨を二枚差し出す。だけどノーリさんは首を横に振った。

「いや。全部で５０万リブラで良い」

「ええ⁉　それは安すぎなのでは⁉」

この世界で使われているであろうデザインでもない、こちらから指定したオリジナルデザインの嗜好品《しこうひん》が大銀貨五枚だなんて破格すぎる。

伝統的に刀を作っている日本でさえ、短刀一本で軽自動車の値段だと聞いたことがある。昨夜見た、オークション落札額との差があまりにもあって、驚いてしまった。

「材料はナユタが持ってきてくれたモノだし、ナユタには、初めて知る鍛錬などのやり方を教えてもらった。柔らかい金属を、硬い金属で包み込むことで生まれる、細身なのに折れにくい弾力性と切れ味、そしてミスリルを芯に入れることによって生じる魔力伝導率の高さ。どれをとっても俺にとって……いや道具を作る我等ドワーフ一族にとって、新たなる技術の光となった」

そういえばこの世界の武器は、ほとんどが重量で叩き切るものと聞いたけど……なんという筋肉の世界。

ついでだったから湾曲した日本刀の性能……剣は突きなどに特化し刀は引いて斬るに特化……に

ついても話しておいたのだ。

「魔力伝導率が高いから、元々魔道具や装飾品に多かった古代文字によるエンチャントを組み込んで、魔法を出す魔剣の研究も始まった」

魔道具の仕組みとかよくわかってなかったけど、古代文字によって効果を付けているのか。

俺が感心している間にも、ノーリさんの言葉が続く。

「もうずっと、親父《オヤジ》が浮かれっぱなしさ。停滞していた我らドワーフの技に、新たなる息吹を吹き込んでくれたナユタは、英雄に等しい。俺は無償でも良かったんだがな。自分の技術を安売りするなって親父《オヤジ》にどつかれたから……」

「いや。それにしても安すぎなのではないでしょうか？」

「良いんだ。手習いの値段としては高いくらいで申し訳がないくらいだ」

「手習いなんて……」

俺から見たら、ものすごく優美で、完成された美術品的価値があると思ったんだけど。当の本人にとってまだ上を目指せると思ったのであろう。

「俺は、似たようなデザインばかりの毎日に飽き飽きしていたんだ。ナユタが購入してくれた七曜計のように、夢で見たデザインを模倣し、見てくれを変えてみたけど、俺も周りも何も変わらなかった。しかしどうだ？　ナユタが今までにない技術を……新しい風を運んできたら、みんなが夢中になって研究をし始めた。ナユタがもたらした新しい風で、ドワーフの技術《ワザ》はさらに躍進するだろう」

寡黙かと思っていたノーリさんの、物作りに対する熱い思いに感化され、そっと代金分大銀貨五枚をお支払いした。

俺も元は、物作りに熱い思いを寄せる、日本企業の営業マンだった男だ。気持ちはわかる。

だから、代金とは別に金貨を十枚差し出した。

「……これは」

「いつかきっと、ノーリさんが納得いく仕事が完成されたらまた、品物を頼みたいと思いまして。その来るべく日のための投資です。少ないですが、どうか研究にご活用ください」

「……ナユタ……ありがとう。必ずその想いに報いよう」

金は巡る。良いも悪いも巻き込んで。やがて俺の手元に最良のカタチで戻ってくるだろう。その時を楽しみに待とう。投資家でも足長おじさんでもないけどね。

ノーリさんとしばらく話した後、イズンさんにお呼ばれして、お願いしておいたチーズや薬味などのおろし金とか、ザル、泡立て器やなんかの調理道具を受け取った。

全部で8万リブラほどだった代金を支払い、家具職人ドゥリンさんの工房への道をメモしてもらった。

実はドゥリンさんには、何度か食事を買いに【黒妖精の穴蔵《フマラセッパ》】に来ていた際に、ポケットコイル型のベッドマットもお願いしておいたのだ。家具と合わせて楽しみすぎる。

いざ、ドゥリンさんの工房へ！

◇　◆　◇　◆　◇

工房の前で、きちんと前足を揃えてお座りをして待っていたお祖父《じい》様とティーモ兄様を回収して地図に従って歩いてゆく。

トンカンと鍛冶の音は薄れ、イズンさんの武器工房周辺とはまた違う、宝石工房やドレス工房などが現れ始めた。高級そうな通りに見える。

ドゥリンさんの工房はこの先のようだ。

道すがら、【白小麦と黒髭】というパン屋さんがあったので入ってみた。

大体ここ【黒妖精の穴蔵《フマラセッパ》】のパン屋さんでは、銅貨一枚で、大人のにぎり拳大の、雑穀《ざっこく》や全粒粉《ぜんりゅうふん》のパンが三個ほど買える、ただこの辺は高級なショップが多く顧客も富裕層が多いのか、このお店では、銀貨一枚で、俺の頭の大きさほどの大きなパンが一つ買える程度だった。

ただしここの店は他とは違って、真っ白に精製された小麦を使っているようで、日本で見慣れたパンの色だった。

ティーモ兄様が、ソワソワして店の前で店内を覗く。店の前は、小麦粉の甘く香ばしい匂いが漂っているから気になったようだ。獣化して嗅覚が鋭くなっているだろうし、普段のパンとはまた違った匂いを感じているのかもしれない。

大銀貨二枚分、パンをどっさり買い、何個かはスライスしてもらった。

昨日のパンですが……ってオマケまでいっぱいくれたよ。ここまで豪快に白い小麦粉を使ったパンを買う人は、滅多にいないみたいだ。

スライスしたパンは、アンダーザローズで待つみんなで食べようと企む。おまけのパンはパン粉にして、ソースがいらない味濃いめのメンチカツとか作ろうかな……ソースもいずれは作りたい。

母様も外で待つ二人のためか、柔らかそうな小さなパンを何個か見繕って、楽しそうに購入していた。

そちらのも俺の収納に入れて、笑顔の店主に見送られ、ドゥリンさんの工房へ向かった。

パン屋以外にも、道すがらにある食料品店や、母様が気になったアクセサリー工房などを冷やかしつつ、ドゥリンさんの工房へ到着した。

「ドゥリンさん、こんにちはー！」

「おお、ナユタ。よく来たな。頼まれた品物は、粗方できているから確認してくれ」

ドゥリンさんの工房は、貴族が好きそうな家具が並べられた店舗の奥にあるようだ。

お祖父《じい》様と兄様は今回も店先でお留守番で、俺は母様と店内を見てから、工房に入る。

まず目に飛び込んできたのが、ベッドマットだ。

同じ大きさのコイルを一つ一つ袋に入れて連結させて、それをウレタンのようなマット、その外側に綿や羊毛などのマットを挟み、さらに布を巻いてある。ウレタンマットそのものが存在せず、説明もなかなか難しかったのだが、どうやら思い描いていたものができたみたいだ。

「そいつぁかなり良い。俺も自分の分を作ってみたが、バネが良い感じの弾力だ。しかも位置によってバネの強度を変えるってのも面白い。ウレタンとか言ってた部分は、通気性も良いってことで、大海鳥《だいかいちょう》の雛の弾力ある羽毛を詰めたもので代用してみた。試してみてくれ」

早速俺は母様の腕から飛び降り、ポスンとベッドマットに乗った。

確かに、板のベッドにちょっとした綿を詰め込んだマットを敷いた今までのものと比べたら、こいつはかなり良い。母様も気になったのか、ボスンと倒れ込んできた。母様が倒れ込んだ衝撃で俺が弾む。

なんだか楽しくなってしまって、笑いが止まらなくなってしまった。母様も楽しくなったのか、珍しく口を開けて笑っている。

「ドゥリンさん、このベッド、とっても気に入りました。何個か作ることは可能ですか？」

「ああ。構わない。この製法を無償で教えてくれたナユタだ。いくらでも作ってやるさ」

ノーリさんの刀と同じように、製法については無償としてある。

商業ギルドで製法を登録しようと言ってくれたけど、元の世界の技術であって、俺が考え出したわけじゃないし、記憶も朧《おぼろ》げだ。

そんな朧げな情報から品物を完成させたのは、やはり職人の技量があってこそだし、俺だけだったら完成していたかどうかもわからない。

とりあえずあと五個ほどドゥリンさんにお願いして、ミニチュア家具が並べられたテーブルへと案内された。

アンダーザローズに持って帰る分には、普通の家具の大きさでも大丈夫なんだけど、つい持ち出しやすかったミニチュア家具を見せてしまったので、そのままミニチュア家具の納品となった。けどこれがまたすごいの一言に尽きる。

昔博物館で見た、平安時代から江戸時代までのお姫様の雛祭りの道具を思い出す。

あちらも雅やかな漆塗の家具や、柄の入った陶器製の食器が素晴らしかったが、このドゥリンさんの作った家具も、負けずとも劣らず素晴らしかった。

注文通りの、明るめの木色に飴《あめ》色のニスが美しいシンプルなダイニングテーブルなどの家具。小さいながらも美しい紋様《もんよう》を描く絨毯に、ソファーセット。クッションやカーテン、ベッドシーツまで何点か用意してくれた。

ありがたいことに、彫金師のイーヴァルさんや、木工職人のヨーゲルさんも力を貸してくれたようだ。

何度もお礼を言い、金貨五枚ほどの対価を支払い、ドゥリンさんの工房を後にした。

お昼はすっかり過ぎてしまったけど、これから商業ギルドで調味料の使い方を説明するついでに、試食会でもしようかな。

と、その前に孤児院でパンを受け取らないといけないか。

やることが多くて楽しいなと思いつつ、歩き始めるのだった。

途中、高級そうな陶器のお店があったので、オークションで落札できなかった無念をここで晴らすため、母様用に洒落《しゃれ》たティーセットや食器類を購入した。勿論、高級なお茶っ葉もね。この世界は薬草やハーブだけではなく、俺が知っているような茶の木の葉を使ったお茶もあるようだ。

母様は尻尾をブンブンさせて喜んでいたよ。

いつかまた出会えるはずのあの精霊の子のために、母様を笑顔でいっぱいにさせておこうと思う。

孤児院でパンを受け取り、パンの代金や必要な小麦粉や食材、燃料用の魔石などを置く。それからちょっと思い付いたことがあったので、子供たちに手伝ってもらってから、指定の時刻に商業ギルドに向かった。

受付まで行くとカリブンクルスさんが、奥の部屋から出てきて簡易の調理場へ案内してくれた。

レシピ登録用の商談ルームのようで、テーブルなども揃っている。複数人のギルド職員も一緒だ。

「ご案内ありがとうございます。昨日話していた調味料ですが、試食した方がわかりやすいと思うので、準備をしても良いですか？」

「それは勿論！　ですが……」

カリブンクルスさんはチラリと母様を見て、母様が作るのかと判断に困っているようだ。

自分が調理をするのかと、やる気満ち溢れる母様だったけど、お付きの人《狼》からお嬢様は豪快ですので。と聞いているので、簡単なことだけしてもらうことにした。

「揚げた芋を作るので、少々お待ちいただいても良いですか？」

「揚げた芋ですか？　わかりました」

実はさっき孤児院に寄った際、子供たちに手伝ってもらって、芋の下処理をしてもらったのだ。

よく洗って芽を取った芋をくし形切りにし、水にさらして水分をとって、収納に入れておいた。

取り出したそれを、熱した油に入れていく作業は、母様に任せる。

油が跳ねないように慎重に少しずつね、と伝えたけど、母様は容赦なくザバザバドボドボ油の中に芋を放っていた。

『いやー。見てて清々しいほど、豪快ですね』

『豪快だろうがなんだろうが、目に入るものをコントロールすれば料理に失敗などないのだよ！　ハッハッハ！』

油跳ねは、ツクヨミが気を利かせてくれたみたいで鍋周りを結界で覆って防いでいた。ナイスアシスト！

その間に塩と胡椒を用意する。調味料の量も調整すれば準備完了ですよ。

油の中の芋を軽くほぐしてもらい、おっと危ないからゆっくりね。そしてしばし待つ。や。そんな激しくいじくり回さなくても大丈夫ですよ。

先ほどイズンさんから受け取った、取っ手がついた金網ザルを用意して、良い感じに揚がったらザルですくってもらって油を切る。ラードで揚げたからコッテリとしてうまいと思う。

良い感じに油が切れたら、塩コショウを振りかけ……うん。母様がボトッと一箇所に落としましたね。お祖父《じい》様とティーモ兄様がハラハラした様子で見ていた。

良いんですよく混ぜれば。なんとなく一箇所に塩味が固まってそうだけど完成です。

それとは別に、森林魔牛《フォレストブル》のソテーをサッと作って保温して寝かせる。醤油用の焼き肉だ。

「できました！　こちらに今回ご紹介する調味料を付けて味見してもらおうかと思います」

「なるほど。こちらの芋だけでも美味しそうですね」

「ハーブやチーズなど細かくしたものを振ってお酒のおつまみにも良いですよ」

「それはそれは、そちらも作ってくださるのですか？」

おっと藪蛇《やぶへび》だぁ。

「はぃー」

とりあえず肉を休ませている間、フライドポテトでケチャップの味見をすすめた。

母様は上手くできたフライドポテトを、お祖父《じい》様と怯《おび》えるティーモ兄様に一つずつ食べさせていた。

「私《わたくし》だってこのくらいできます！」

なんてドヤっていたよ。

お祖父《じい》様は、母様のフライドポテトが上手くできていることに感動して泣いていた。一体過去に何があったというのか。

カリブンクルスさんたちギルド職員も、目を輝かせて食べていた。

「揚げた芋は塩と香辛料だけでも美味いですが、このソースが加わりますと、より美味しさが引き立ちますね。他にどのような使い道がありますか？」

「ごはんや麺類などと炒めたり、グリルしたソーセージなどの肉類、そして野菜などに合いますので調理人の知恵によって千差万別の味を出せる万能調味料となります」

「ほう！　それは素晴らしい！」

目を輝かせるみんなに、もっと色々使い方を教えたくなる。

「さらにこの秘蔵のマヨネーズというものと合わせれば、魚介にも合うソースができます！」

「ほう！　ほう！　マヨネーズ！　孤児院の屋台で人気のあの！　そちらも制作業者が謎でしたがナユタさんがお作りになったのですね！」

「はい！　……あっ！」

『ナユタ……』

『アーーーーッ！　つい言ってしまった！』

調子こきおじさんとは俺のことだ……

ツクヨミの呆れた声が聞こえる。

こうなったら仕方ない、教えるしかないか。

細菌による危険があって、他にレシピを教えられないことなど、洗いざらいカリブンクルスさんにお伝えした。どうせだったら、危険性とか知っている人がいた方が良いからね。

「なるほど。浄化を使えるものだけが作れる、特殊なソースなのですね。ならば秘匿レシピとして、商業ギルドと契約し登録をするとよろしいでしょう」

「はい。よろしくお願いします」

そんな話をしているうちに、肉が寝かせ終わった。一口大に切ったものを、醤油とバルサミコ酢、森林蜂蜜《フォレストハネー》、赤ワインで作ったソースをかけて試食する。

またしても美味しいと目を丸くするカリブンクルスさんたちに、醤油は塩と同じで色々と使えることと、ニンニクやバターに合わせても美味しいことを伝えた。

余った揚げ芋に、ニンニクにローズマリーやなんかのハーブをかけ、イズンさんに作ってもらったチーズおろしでチーズを削ったものを出した。

どれも美味しい、酒が飲みたいと好評だ。

ただ、今回出した醤油と、家にある味噌は、そんなに量がない。

最初作る時、俺の頭ほどの小さな瓶に材料を仕込み温度を保ちつつ、時間操作できる魔法で半年ぶんの発酵を十分で済ませたのだが、魔力が切れて失神した。

かなり魔力があるらしい俺にとって、魔力切れは初めての経験で、かなりしんどかった。

もうやりたくないので、今は樽《たる》を何個か仕込み、自然に任せて発酵させている。保温の魔道具があって他で作ってくれるなら、そちらに縋《すが》りたいほどだ。

この際、この醤油と、ついでに味噌のレシピは使用料を取る形で公開しようと思う。

ここで不労所得ってやつだ。

そして焼飯《やきめし》オムライス。これも公開レシピにした。次来た時にどんな進化を遂げているのか楽しみだ。

試食会が終わったところで、書類を持ってきてもらう。

細々とした契約内容に目を通し、小さな手でサインを書き込む。自分には漢字とひらがなに見えているが、相手側には自分たちの文字に見えているのが不思議だった。

次回持ってくる聖水の量を俺の背丈より大きめの水瓶一杯分として決め、クリスタルの使い方を今一度レクチャーしてもらい、やっと我が家への帰路に就く。

かなり長かったが、ようやくみんなの呪いをどうにかできそうな道具たち——依代も揃った。

そしてあとは神頼みだ。

門兵のヴィルヴィルさんに、また来ます！　と挨拶をして、ある程度街との距離が離れたら……

空間転移！

目の前は、見慣れた天空の城郭都市【妖精の箱庭《ザ・シークレットガーデン》】の入口の門《アーチ》だ。

幼児×聖水の泉

まだ日が出ているけど、一旦屋敷に戻って、心配しているであろう一族の皆さんの所へ母様をお届けする。

それから、狩りに出たそうな狼たちがいたので、森にも行くことにした。

依代も手に入ったので、明日は早速解呪を行う予定だ。

この一ヶ月、ツクヨミに解呪の方法を聞いて、しっかり準備を済ませてきた。

街に行くたびに、狼たち四十八匹——もとい公爵家の人々四十八人ぶんの、大きな布とサッシュベルト、母様が見立てた男女の平民服や下着を、コツコツ買っていたのだ。

お祖父《じい》様曰く、【黒妖精の穴蔵《フマラセッパ》】は日用品などの物価が比較的高いらしく、大金貨一枚分のどえらい出費になってしまった。

お祖父《じい》様が、一族の分は自分で用意すると言っていたけど、孫《俺》の秘技☆　ティーモお兄様監修、かわい子ぶりっ子ぷるぷるお祖父《じい》様孝行ウェーブ☆　でどうにか凌《しの》いだ。

お祖父《じい》様は若干難しい顔をして、そこまで言うのであればと引いていたが、瑣末な問題だ。勿論俺の羞恥心《しゅうちしん》は、とうに息絶えているのがポイントだ。

そんなことを考えるうちに森に到着。

ティーモお兄様は、いつものように俺についてきてくれた。

中身はどうあれ、俺の外見はまだ三歳。いくらツクヨミの聖域結界《サンクチュアリー》で護られているとはいえ、それを知らないティーモ兄様はいつもついてきてくれている。

ただ、今ではお祖父《じい》様に秘密で空魔法を教えている。代わりに俺が、ティーモお兄様に水と氷の魔法を教えてもらっているのだ。

本当のことを言えば、どんな魔法でもツクヨミが教えてくれるんだけどね。近しい年齢の子と教え合いっこも良いなと思う。

ツクヨミは、『友達百人への布石ですね、わかります』とか言っていた。ツクヨミはまだ友達百人にこだわっているのか……

今ではティーモ兄様も、よく遭遇する魔物が気絶している時に小さな魔石を転移するくらいはできるようになった。何度も遭遇し攻撃する中で、魔石の場所がわかるようになったようだ。

短い期間で転移を習得するとは将来有望だとツクヨミも言っていた。

そうして狩り遊びをして、日が暮れ、辺りに夜の帳が下りる頃、お祖父様《じい》の遠吠えで帰宅を促される。

いつものようにみんなの夕飯をたっぷり用意し、風呂にゆっくり浸かりベッドに入る。

【妖精の箱庭《ザ・シークレットガーデン》】まで転移をし、青い屋根の屋敷に帰ってきた。

『……遠足とか、発表会前の子供みたいだ』

中々寝付けない俺は、スプリングの利いた真新しいベッドで寝返りを打つ。

ベッドマットが気に入った母様もちゃっかりいるけど、俺の頭を撫でながら、いつの間にか寝入っていた。

泊まりがけで出かけるのは、故郷から逃げてきて以来初だ。なかなか気が張ったに違いない。

『ツクヨミ……』

『大丈夫です。明日のことでしょ？』

『ああ』

『そのために毎日ずっと、那由多の魔力を蓄積させてきましたし。大丈夫ですよ。必ず成功します』

そう、明日は膨大な魔力が必要になる。そのため、ツクヨミが俺の魔法をストックしてくれていた。

失敗したらと何度も思う。

『いつものアネットさんのように、どっしり構えとけば良いんですよ。頭を空っぽにして、成功することだけ考えるんです。簡単でしょ？』

『簡単じゃないって』

『考えすぎることは、成功するものも不可能にしてしまいますよ。成功を感じるんです』

『ははっ。また人の記憶読んだな？　伝説の格闘家かよ。考えるな、感じろっ！　って？　ちょっと用法が違うけどね』

『那由多の記憶の奥深くに潜って、映画鑑賞もできましたよ！　良作の宝庫！　私を誰だと思っているのですか？　那由多が元いた世界の月《ツキ》の神様の名を頂戴した、この世界の元神ですよ？　月《ツキ》が瞳の中にいるのですから何も心配することはありません』

左目からドヤァの気配が伝わってくる。

『ここ最近静かだと思っていたら、人の記憶で映画鑑賞してたのか……記憶を持ってる俺本人でさえ詳細は覚えてないのに』

『忘れてるだけで、奥深くにはちゃんと残っていますよ。地球にいた那由多の記憶――人生が』

『そっか』

『そうです。今まで、そしてこれからも記憶《人生》が脳《魂》へ蓄積していくのです。たとえ失敗したとしてもね』

『失敗とかいうなよ』

『フフッ、那由多が忘れても私がずっと見てあげます』

ツクヨミと話していたら、気が抜けて瞼《まぶた》が重くなってきた。

あとは勇気だけだ。そうだ。失敗を恐れるな。

『おやすみなさい、那由多』

『おやすみ……』


幼児の朝は、日の出と共に始まる。

姪《めい》っ子が小さかった時は、早朝からやっているアニメが見たくて早く起きてたみたいだが、ここにはテレビも何もない。

ただ、夜遅くまで起きてる理由もないし、俺と母様以外は獣姿なので、一族の皆さんも寝るのがすこぶる早い。

それにあわせて、俺も寝るのはけっこう早くなっていた。

そして皆さんにあわせて朝から駆け回って運動しまくってるし、超絶健康生活だ。

俺は起きて早々に、解呪の準備を始める。

まずは昨日持って帰ってきた依代一式に浄化をかける。

続けて、ツクヨミにジオラマを操作してもらい、地上の太陽の光が、聖水の泉にかかるようにする。

そして浄化した依代を聖水に浸す。

『上手くいきますように……』

ちなみに泉は何もないと寂しかったので、剣山のようにニョキニョキ生えた大きな青水晶の塊を何個か、奥まった所に配置した。

ついでに一番大きな水晶の原石には、某漫画に出てくるみたいな龍を彫ってみた。周りには丸い水晶も転がしてある。

まだ少し寂しいので、レアな薬草や樹木を周りに植えたんだけど……

『うーん。何度見てもゲームでありそうなセーブポイント。まさにファンタジーの風景……我ながら良い仕事をした。ライティングも欲しくなるな……』

依代を浸しつつ、泉の風景を見ながら一人悦に入っていると、屋敷周りの庭で走り回っていたティーモ兄様がひょっこり覗きに来た。

「キャウ？《ナユタは何をしているの？》」

「ティーモ兄様。お清め……いえ、聖水に依代を浸しているんです。夕方から実験するので、楽しみにしてくださいね」

「キャウ!?《何の実験？　楽しそう！》」

「皆さんを驚かせたいので、内緒ですよ？」

ティーモ兄様は、機嫌良さそうに尻尾をフリフリ振りながら、屋敷の庭に戻っていった。

『ありゃ言う気満々だな』

『どうでしょうね～』

『さて。屋敷に戻って朝食の準備をしますか』

朝食のメニューは、白い小麦粉を使ったパンをカリッと炙《あぶ》って、ローストして砕いたナッツを散らして森林蜂蜜《フォレストハネー》をたっぷりかけた甘いパン。カリカリのベーコンに胡椒を効かせた目玉焼き。とろけたチーズがのったグリルした芋。それとシンプルなサラダを用意した。

あとはコーヒーといきたいところだがないので、柑橘のジュースだ。

狼たちには足りない可能性があるので、孤児院で作ってもった大量のロールキャベツのクリーム煮と、焼いた肉をたっぷりと準備した。

そしてお昼の軽食を置いて、いつものように狩りに行く者や、採取に行く俺やらに別れる。

昼過ぎに依代を回収した俺は、記憶する森まで出て夕方まで過ごしたのだった。

◇　◆　◇　◆　◇

俺たちはいつものように狼たちの遠吠えで帰路に就いた。

そして全員が帰りついて揃ったところで、皆さんを屋敷の前に集め、布を被ってもらう。

「キャウ？《コレがナユタの言っていた実験？》」

ティーモ兄様に続けて、周りが、『朝ティーモ様が言っていた例の……』とか言っている。

「そうです。リラックスして、しばらく布を被っていてくださいね。何があっても被ったままにしてください」

「キャン《わかったよ。あとで何の実験か教えてね》」

「はい」

一度お祖父《じい》様を見て、アイコンタクトを取る。

お祖父《じい》様と母様には、何をするのか伝えてあるのだ。

お祖父《じい》様は頷いて送り出してくれた。

母様は、「落ち着いたら自分でぶん殴りに行くので、このままの姿で良いです」とか言っていて、獣化もうまく使いこなしているし、とりあえずベッドの下に隠れてもらって解呪は保留にした。

ぶん殴る……いや深く考えたらダメだ。

「よし」

パンッと両頬に気合を入れて、俺はジオラマ部屋へと向かった。


【妖精の箱庭《ザ・シークレットガーデン》】において、最も守るべきなのはこのジオラマ――アンダーザローズだ。

それもあって、このジオラマ部屋は、ツクヨミ曰く城郭の真ん中ら辺にあるそうだ。

さて、ここで改めて、この【妖精の箱庭《ザ・シークレットガーデン》】について、ツクヨミから聞いてある情報をまとめよう。

遥か昔、城郭都市【妖精の箱庭《ザ・シークレットガーデン》】が空にあった頃、最下部に配置した巨大魔道具を利用して、この巨大な建造物を空に浮かべていた。

今、俺たちが森から出入りしている部分は、最上部の剥き出しになっている郭《くるわ》部分にある門だ。

そこから石造りの迷路のように配置された建物を抜けて中心部に向かうと、小さな城――という か砦がある。

その砦に入り下っていくと、この城郭都市を動かす制御室があり、ツクヨミが最初に案内してくれたジオラマ部屋への道がある。残念ながら制御室の入り口は崩れて入れないようだが。

ジオラマ部屋にはアンダーザローズの城に繋がる魔法陣がある。今は俺の平屋に繋がってるが。

それ以外にも、アンダーザローズの街の各所に繋がる魔法陣がいくつかあって、まだ動く魔法陣を活用している。

当時は、一番偉かった人が薔薇好きで、武骨な城では色味にかけると、最上部に当時高価だった薔薇を植えまくったらしい。今は見る影もないが。

最上部に植わっていた薔薇の下にあった魔道具だからアンダーザローズ《薔薇の下の国》。というわけだ。

数多の薔薇に覆われた城壁にはたくさんの兵士が常駐し、結界を壊そうと空から迫る大型の魔獣や魔物の対処にあたっていたそうだ。

主観的には、最上部の敷地面積は東京ドームくらいの広さかな？　もう少し広いかもしれないが、それほど大きくもなく小さくもなくというところだ。

地上の国から使者が来る時は、飛行型従魔で訪れていたようで、少し崩れていたが、まだちゃんと従魔用の停泊場も残っていた。

【妖精の箱庭《ザ・シークレットガーデン》】がなぜ堕ちたのかは、ツクヨミは詳細を教えてくれなかった。

しかし堕ちる際に、最深部は地上に削られ、空に浮くための魔道具は消失した。

最上部にいた兵士は地上に投げ出され、アンダーザローズ内部にいたあらゆる生物も、なぜか魔道具から吐き出されて地上に落ちたとか。

そして、薔薇の下で見聞きしたことは口外してはならない、という古いしきたりで、辛うじて生き残った人々も、誰一人としてアンダーザローズのことを口外することなく余生を過ごした。

その人たちが身を寄せた国では、謎の技術、薔薇溢るる幻の国、秘密の花園《ザ・シークレットガーデン》という名がついたらしい。それ以外の国からは、国主を怒らせたら空飛ぶ城郭の軌跡に何も残さぬ容赦なき国、虚無の都市《オムニア・ウァーニタース》とも呼ばれてたそうな。

かつて俺が住んでいた地球の古い都市ローマでも、薔薇の下で話したことは口外してはならないという、似たようなしきたりがあった。もしかしたら俺の知ってる事例で言語翻訳が機能しているかもしれないけどね。

辛うじて残った最上部と心臓部は、そのまま一万年以上の時間を他国民に知られることなく静かに過ごし、やがて森で覆われた。

そんな風に忘れられた寂しい国の歴史が詰まったジオラマ部屋で、解呪の準備を進める。

まずは一族の人々がいるであろう場所に、聖水と魔法で浄化済み、できたてほやほやの依代の鏡をセットする。

『ツクヨミ。方角は合ってる?』

『うーん。もうちょっと右……よりですね』

『右……こんくらい?』

『……丁度良いです。[redacted]の領域《テリトリー》なので、個人は詳しく特定できませんから、呪いを実行した者がいると思わしき城を中心とした国全体に照射する角度になります』

『ありがとう』

古来、鏡には、呪いを反射する効果がある。

一族の人々を起点に、反射した光がノートメアシュトラーセ帝国に当たるように、鏡の角度を調節した。

魔除けになる勾玉を自分の首にかけ、双子刀も持ってきた。刀にも邪を祓う効果がある。

俺には神職のような力はない。だけど神様の力を借りられる。

二礼二拍手。

『神様。最高位天照大神様。お願いがあります。どうか呪われた人々をお救いください。苦しんでいる魂たちの鎮魂もお願いします』

そして一礼。

するといつものように蛇腹の御朱印帳が、スルスルと俺の周りを回り始めた。

しかしある一点で止まったかと思うと、いつもより大きく立派な金色に輝く雄鶏《おんどり》の神使が、一匹だけぴょこんと俺の前に現れた。

天照大神を祀る神社はわりと多い。俺も何枚か拝受したが……一柱だけ？

『信心深き異界の者よ。ここからではいささか遠すぎて鎮魂の祝詞《のりと》は届かぬ。呪い返しならば、その石凝姥命《イシコリドメノミコト》様らの力がこもった神器を用いて叶う』

「喋った！　あ……申し訳ありません」

雄鶏は楽しそうに笑う。

『うぬの左目の異界の神の欠片も話すであろう？　神使たる我が話したとて、何ら不思議はある

まい』

「その通りです」

『さて。うぬの願いを叶えることはできるが、この世界では、天照大神様のお力はこの朱印のみ。他の者らは神力を小出しにしているが、その四十八名分の呪い返しの願い、重すぎるがゆえ、神力の源たる朱印は綺麗さっぱりと消えるが、それでよろしいか？』

御朱印が消える？　もしかして……

実は、今まで願った神々の朱印がちょっと薄れてきたなと思うことはあったのだ。

気のせいかと思ってそのままにしていたが、力が少なくなってきていたということなのか。

『天照大神様の神使様！　はじめまして！　お話し中失礼しますが、そこで徳ポイントなのです!!』

「あ。ツクヨミ⁉」

不意に大声を出したツクヨミに、どうやら声が聞こえるらしい雄鶏が興味を示す。

『ほう？　徳ポイントとな？』

『私、ツクヨミが、那由多の能力をこの世界でも活かせるように、頑張って変化変革させたのです！　なんと!!　徳ポイントを使うことによって、神力が失われた朱印を、徳の強さに比例して復活させることができるのです!!』

左目からドヤァの気配が伝わってくる。

TVショッピングみたいに、神使様の前でセールストークをかますツクヨミに、空気を読めと心から思う。

『なるほどの。天照大神様の姉弟の名を分けられた、異界の神の欠片よ。その者に、徳を積ませるということだな』

『はい！』

『して、我らが天照大神様の神力を復活させる徳とはいかほどのモノか？』

『……5000万徳ポイントでいかがでしょうか!?』

『ちょ！　神使様が決めるんじゃなくてツクヨミが決めるんかーーーい！』

多分俺は、ツクヨミが実在して、巨大なハリセンが手元にあったら、迷わずツクヨミの頭に放っていたと思う。

『5000万……いささか少ないとも思うが良かろう。うぬもそれで良いか？』

「はっ！　はい!!」

神使様はそれで良いのか……いやでも徳ポイントを貯めるのは大変だ。

実は日常のちょっとしたことでも、徳ポイントは貯まってきている。

毎朝の感謝の祈りで0・5徳ポイント。人助けすれば1徳ポイント貯まるので、毎日ご飯を四十九人分用意していることで49徳ポイント。

……そう考えれば、5000万徳ポイントまでの道のりは遠いか。

神使様は納得したようだ。

『ふむ。それでは5000万徳ポイントを使えば、天照様の御朱印を戻すとしよう……呪い返しを行う』

「よろしくお頼み申し上げます……」

神使様がくるりと一回転し、コケコッコーー！　と大きく一鳴きした。

すると鏡のみならず勾玉と刀が一斉に輝き始めた！

その光は青い屋根の屋敷の庭を照らしながらハッキリと、ツクヨミが作った道筋通りに光の道ができる。

もう一度神使様が力強く鳴くと、神器は一際光り、そのまま光は収束した。

『これで呪いは元の持ち主に返った。呪われた者共も元に戻っていよう』

「あ……ありがとうございました」

この一瞬で、人を獣に変えた呪いが弾かれたという。

何だか信じられなくて、あまりのことに俺は言葉を失いながらも、神使様に深く礼をした。

『ではな。うぬも徳を積み、心を磨くが良い。また会える日に。すべては天照大神様のお力ゆえ。あと供物はもっと多く出されよ。朱印の神使は多いゆえ』

「承知いたしました」

供物……なくなってると思ったら、神使の皆さんで食べてたのか……いつの間に。

実は、平屋の裏に泉ができてから記憶する森でとった果物を泉にお供えしてたんだけど、次の日にはなくなってるからティーモ兄様が食べてるのかと思っていたんだ。ごめんよティーモ兄様……

心の中で懺悔する内に、天照大神様の御朱印と神使様は、大気に溶けるように消えていった。

「ありがとうございました」

俺は心からの礼をもう一度し、ツクヨミにもお礼を言った。

「ツクヨミもありがとうな」

『どういたしまして。那由多もたくさん魔力を使って疲れたでしょう。早速、屋敷はお祭り騒ぎのようですよ』

「うん。良かった……本当に呪いは解かれたんだ……」

魔力を使いすぎて、突然失神し意識を失うのは、怖い。

また、このままどこか違う世界に一人放り出されるのかと思ってしまうのだ。

でも失神せずにやり遂げた。

この世界に来て一ヶ月と少し。俺もちょっとずつ成長しているようだ。

しかし、自業自得とはいえ、四十八人分の呪いを相手に返してしまった。相手側がどうなっているか考えるのは恐ろしい。

初めて他人を傷つける願いをしてしまった。それでも後悔はない。

鏡と勾玉、双子刀にも感謝を伝え、礼をして大切に収納する。俺はそのままお祭り騒ぎらしい屋敷に向かった。

今日の夕食は、お祝いにたくさん料理を出して、【黒妖精の穴蔵《フマラセッパ》】で買った酒で祝い酒だ。

◇◆◇◆◇

俺は、はやる気持ちを抑え、ジオラマ部屋の魔法陣に乗りアンダーザローズまで降りた。

以前は俺の家付近に、ジオラマ部屋からの出入り口用の魔法陣があった。

だが、今は新しく設置した屋敷内にある俺の平屋近くの四阿《あずまや》に、ツクヨミが魔法陣を設置してくれたのだ。

俺は四阿《あずまや》を飛び出し、ホップステップジャンプの要領で、みんながいるはずの屋敷の前の庭へ転移する。

転移した俺は、無事狼から人間の姿に戻っている人たちを確認した。

『全員、人に戻ってる。良かった……』

当事者たちは、抱き合って泣いている者、雄叫びを上げる者、歓声を上げる者、それぞれ三者三様だ。

「ナユタ!!　お帰り!!」

いち早く俺の存在に気付いた、薄水色のおかっぱ髪で青緑色の瞳を持つ美少年が俺のすぐそばまで走ってきた。

もしかしてティーモ兄様か？　浮遊《レビテーション》を制御し、ティーモ兄様の目線まで降りる。

「ナユタの実験って、僕たちを元に戻すことだったんだね!!　すごい!!　すごいよ!!　眩しい光が僕たちを照らして過ぎ去ったら、僕たち元に戻れたんだ!!」

興奮したティーモ兄様に、ガツリと両脇を掴まれ持ち上げられ、すごいすごいと笑いながら高速でぐるぐる回される。

「あわわわわ〜目が回るぅ〜」

三半規管の弱さは、こちらの世界の体でも健在なのか、すぐに目が回ってしまった。

このまま俺は回されまくって、いつしかの虎のようにバターになってしまうのだ。この世界に来て短い人生だったが割と楽しめた……もののふたちよ……俺の屍を越えていけ……キュウ……

『那由多！　しっかりしてください！　ちゃんと状態異常無効化のパッシブスキルが働いていますから！』

『え……そうなの……？　でもぐるぐる目が回るぅ〜』

「ティーモ。そんなに回ったら、ナユタが目を回してしまうよ」

俺が思い込みで、あわあわ目を回して心の中で遺言を残していたら、なんというか……ぞわぞわする声が聞こえた。

日本にいる妹だったら、「尾てい骨に響く良い声だわぁ」とか悶《もだ》えて言ってそうな美声だ。

もしかしてお祖父《じい》様か？　ガウガウ《狼》語の時は感覚として理解できたから音声で聞くと、これまたすごい破壊力である。

「お義父《とう》様！」

ティーモ兄様は興奮しきりで、容赦なくブンブン幼児《俺》を振り回し、お祖父《じい》様と思わしき男の前まで俺を連れていく。

壊れ物《幼児》ですので、お取り扱いは注意してくださーーい！

俺を反転させ、ズイッとお祖父様《じい》の前に差し出すティーモ兄様。

余韻で俺の足がぶらぶら揺れる。

これ完全にあれだ。崖の上で猿《マントヒヒ》に抱えられたライオンの子が、掲げられるシーンだ。

「ティーモ。僕ではない。私だ。どんな時でも言葉を崩してはならない。それが我らの矜持《きょうじ》だ」

「あ……申し訳ありません」

お祖父様《じい》はウムと頷き、続いて俺に話しかけた。

「そしてナユタ。ナユタのお陰で、我が一族の者たちの呪いが解呪された。それだけではない。この一月近く、国を追われた我らを保護、そして生活の援助までしてくれた。この恩に感謝を示したい」

俺が目を回して正気を失っている間に、お祖父様《じい》が、片膝をついて左手を胸に当て頭を下げる。

他の人たちも落ち着きを取り戻したのか、彼の後に続いて、男性陣はお祖父様《じい》と同じ体勢で、女性陣は両膝をつき、組んだ両手を額に当て頭を下げている。

気が付けば、俺を抱えているティーモ兄様以外の一族四十七名が、そうしていた。

『貴族や騎士の最上位の礼ですね。仕える王や神に対してのみ向けられる、北の地方の作法です』

なんと。

俺は慌てて口を開く。

「いえ、困っていたらなんとかしたい、って思うのが人情ですし！　自分のできることをしてあげたい、っていう自己満足というか偽善というか……そこまで礼を尽くされるのはちょっと気が引けるというか……なんというか……」

なんかこのくだり、母様にも言ったような。俺は少し前の出来事を思い出しながら、しどろもどろになって答えた。

「足手まといを切り捨ててきた我ら貴族には少々心が痛む言葉だ……しかしその偽善で我らは救われた。ぜひ我ら一族の礼を受け取ってほしい」

「えっと……」

『那由多！　そこで！　わかったというのです!!』

『ええっ!?』

俺が言いよどんでいると、ツクヨミの声が響いたので、言う通りに頷く。

「わ……わかりました。謹《つつし》んでお受け取りいたします」

『那由多！　ぐっじょぶです！』

『は？　ツクヨミが言えって言ったんだろ？　なにを……』

「「「「我が一族、命、燃え尽きるまで、貴方のために戦いましょう」」」」

「え？」

皆さんがそう言った直後、右手が突然熱くなった。

思わずそこを見ると、六花——雪の花と盾の紋章が、クッキリと右手の甲に浮き上がっていた。

「何これーーーー！」

「我ら一族の忠義、しかとお受け取りください」

よくよく顔を見れば、左目以外俺と同じ色彩の偉丈夫《イケメン》がニッコリと俺に笑いかけていた。

『四十七名の家臣！　大量に！　ゲットだぜ！』

いやいやいや！　そんなボール投げて捕まえたモンスターじゃないんだから！

え!?　家臣ってどういうことなの？

カッコいいね！　すごいね！　と興奮したティーモ兄様に左右に振られ、脚をぶらぶらさせながら、俺はまた混乱するのであった。

落ち着いてきた俺は、なぜ帝国の家臣であったはずのお祖父様《じい》たちが、俺の家臣になることができたのかとか、右手の雪の花と盾の紋章の意味とかがわからなくて、お祖父様《じい》に聞いてみた。

北の帝国では本来ならば、皇太子が皇位につく際、【践祚《せんそ》の儀】というものが行われるらしい。

各領地に散った貴族たちを召喚し、皇帝の証となる宝具《レガリア》……帝冠《インペリアルクラウン》、帝笏《セプター》、指輪型の御璽《シグネットリング》などを継承するのを見届けさせ、貴族たちから皇帝への【忠誠の儀】を行うというものだ。

しかし今代の皇帝はちょっと理由があって、継承したことを国民に宣言するだけの【即位の儀】しかしていないそうだ。

ちなみに雪の花と盾は、グラキエグレイペウス家一門の基本の家紋らしい。

お祖父様《じい》の家の家紋は、この基本の家紋に、剣と魔法の杖《つえ》が交差するものが描かれているそうだが、狼に改めようかな？　って笑いながら言っていた。

　ということは、だ。

『帝国の貴族たちは、誰も今の皇帝には正式なかたちで忠誠を誓ってないってこと？』

『話を聞く限りそうみたいですね……なんという愚かな……しかしそのおかげで、那由多に家臣ができたので万々歳です。一度誓いを立てたらどちらか逝去するまで解けない、ある種の呪いですから』

　うわ。また呪いかよ。

　でもツクヨミさんよ。何が万々歳なのか。

　仇討《かたきう》ちとか国取りでもおっ始めようものなら戦力になるし、わからないでもないけど。俺は、平和を愛するか弱い無邪気な幼児ですよ？

『でもよく考えたら、母様が元皇妃ということは、皇帝は俺の体の父親ということになるのか……そんなんで大丈夫なのか？　俺の体の親父殿は……国の運営やっていけているのか、ちょっと心配になってきたわ』

『まぁ無理でしょうね。操られている可能性もあるし。今回、那由多が呪い返しを実行して、跳ね返された対象者が国の中枢を担っていたとしたら、国はさらに混乱しているでしょうね』

　うーん。【黒妖精の穴蔵《フマラセッパ》】へ行く度に、お祖父《じい》様も帝国のことを気にしていたんだよね。近々様子を見に行った方が良いのかもしれないな。でも糞女神に見つからないようにしなければならない。

だけど今だけは！　憂鬱《ゆううつ》なことは置いておいて！

「一族の皆さんが元に戻れたお祝い《パーティー》をしちゃいましょうか！」

そう言うと、皆さんがはっとした表情になる。

そしてすぐに自分たちの格好に気付いたようだった。

彼らは古代ローマや古代ギリシャの人々のように、布を巻いただけな感じになっていて、男はむさすぎてあまり見たくないが筋骨逞《たくま》しい体を晒《さら》し、女性は恥ずかしそうにしている。

俺はまずは着替えましょうか、と屋敷に皆さんを呼び寄せ、収納していた衣類や、母様とお祖父《じい》様が選んだ下着を、玄関ホールのソファー等に出しまくった。

特に女性陣はいち早くわらわらと集まった。にしても、バーゲンセール会場の歴戦の猛者《主婦》みたいにならないのはやはり貴族というものなのか。

自分に合いそうなものを選んだ人々は、早速各々の部屋へ行きお着替えタイムだ。

そのまま俺は、皆さんに一階の食堂に集まってくださいと伝言を残し、食堂横のキッチンへ向かった。


「さて、火の魔石をセットして……」

屋敷のキッチンは長らく使っていなかったので、コンロやオーブン、そして上下水道など……必要な魔石をどんどんセットしていく。

『後で各階の水場やなんかにも魔石を仕込まないとな……』

粗方魔石を仕込んだら、お次は調理だ。

【黒妖精の穴蔵《フマラセッパ》】に行く度、あらゆる屋台や食堂で買い物をしたので、ある程度の食料は確保している。ちなみにその間幸運なことに、お得意さんになって、気安く声をかけて貰ったりオマケしてもらえたりした。

『あのドケチな黒妖精《ドワーフ》がオマケなんて……天変地異の前触れですかね？』

とか、ツクヨミはブツブツ何かを言いながら動揺していたけど。

ツクヨミが人間だった時、ドワーフとの信頼関係構築の失敗でもしたのかな？

ともあれ、お祝い《パーティー》と言ったらアレだよな。

ケーキ！

不可視の手《マジックハンド》を操作し、とりあえず、オーブンの試運転に、大量の卵白を空中で高速回転させ固めのメレンゲを作り、チャチャッとスポンジケーキの生地を作っていく。

田舎に住んでいた子供の頃は、遠く離れた街に行かなければ、洒落たケーキ屋なんかなかった。それでも小さな妹がテレビを見てケーキが食べたいとぐずれば、母さんがちゃちゃっとお菓子やケーキを作ってくれたんだ。

ちなみに祖母は、我儘《わがまま》言わんで煎餅《せんべい》か羊羹《ようかん》でも食っとき！　って自分の大切な虎の子の羊羹を出して、妹をさらに泣かせていたっけ。祖母の心、孫に届かず。羊羹は祖母が子供だった時代、みんな喜んだに違いなくて、良かれと思ったことが相手に伝わらないのは辛いだろうけど、今で言う押し付けがましい行為だったたってやつかな。

俺も味見をしたいがために、手伝いと称して母さんとケーキを一緒に作っていた。今思えば台所を汚すし何でもやりたがるし、相当に邪魔だったろう。

しかしその甲斐《かい》あってか、数種類の、クッキーやパウンドケーキなどの簡単なお菓子の作り方を覚えている。

そんな日々を思い出しながら、日本にいるかつての母親に感謝し、巨大な天板に生地を流し込んで、基となるスポンジケーキを仕込んでいった。

この世界のオーブンは、魔石の魔力で制御された魔道具なので、庫内を温めるという初期動作がない。

いつだったか……オーブンの扉を開けると火の精霊《サラマンダー》がいて、温度とか調節してくれて、焼き上がりも教えてもらえて……とか、魔法のあるファンタジーな世界だからあるんじゃないの？　とツクヨミに妄想を語ったが、『何億年前の話をしているんですか？』と笑われた。

というか何億年前かはそうだったみたいだ。

そっちの方が夢があって良いな、なんて言ってたら、『では、火山地帯で火の精霊《サラマンダー》をとっ捕まえに行きましょうか？』とか言われた。

とっ捕まえるとか言い方がアレすぎて。まぁ無理やり連れてくるのも可哀想だからやめておくよ。とお断りしておいた。

閑話休題《かんわきゅうだい》。

数台のオーブンに、仕込んだ生地入り天板をどんどん入れて、焼き上げていく。

その間に、以前【黒妖精の穴蔵《フマラセッパ》】で購入し、収納魔法で収納していた生乳から、成分を抽出《ちゅうしゅつ》してクリームを作る。森林蜂蜜《フォレストハネー》と合わせて甘味を出そう。

焼き上がるまでまだ時間があるから、ローストビーフも仕込む。

仕込むと言っても事前に塩とハーブをすり込んだ巨大な肉塊を何個か収納してあるので、五個くらい取り出して香味野菜で囲い、肉用のグリルに入れ焼くだけだ。

そうこうしている間に、スポンジケーキがこんがりと良い色になったので、オーブンから取り出し、粗熱を取るために放置する。

その間に食堂の準備をする。

すでに何名かの方たちが着替え終わったようで、俺に気付くと優雅に礼をし、お手伝いを申し出てくれた。

みんな元騎士みたいで、早く着替えるのを訓練していたみたいだ。日本の自衛隊員も、寝起き数秒で着替えて、先ほどまで寝ていたベッドをホテル並みに整える訓練してるもんな。

運良く調理経験のある方もいたので、ケーキの飾り付けや、ローストした森林魔牛《フォレストブル》の肉塊の盛り付けなどをお願いし、他の人にはテーブルのセッティングと食器を用意してもらった。

勿論、俺とティーモ兄様用の椅子も上座にセットしてくれていたよ。

そして中央に用意されたテーブルとは別に、壁側に用意したテーブルに、【黒妖精の穴蔵《フマラセッパ》】で購入したお惣菜をどんどん出していく。

熱いスープやシチューやなんかも解禁だ。

今回は無礼講ということで、好きなものを各々で取り分ける方式にした。

中央のテーブルの真ん中には、庭園に咲いていた花が花瓶に生けられて置かれた。

その間に【黒妖精の穴蔵《フマラセッパ》】で購入したワインやポティーンといった果実酒や蒸留酒などの大人の飲み物や、ワイン生産者から譲ってもらった発酵中の若いワインに、果実の搾り汁、俺の家の裏の泉の聖水などを置いていった。

テーブルはナイフやフォークなどの銀器や、陶器の食器で溢れ、今までとは違う人間の営みというか、ある種の異様な雰囲気に呑まれそうになる。

着替え終わった人たちが続々と現れ、俺に礼をしていく。なんだか慣れないけど名前を聞いて、全員覚えられるか不安になりながらも俺も挨拶を返す。

さて。いざ、お祝い《パーティー》のはじまりだ！


俺の音頭《おんど》で、みんながそれぞれにグラスを掲げ、食事を楽しむ。

無礼講となったパーティーを楽しむ皆さんを見ながら、俺はこれからのことに思いをはせる。

この先、こうやってのんびりみんなと自給自足をしていくのも悪くはないけれど、みんなはどうしたいんだろう？

いくら俺に忠誠を立てたとは言え、それまで貴族として国を、領民を守ってきた者として、故郷を捨てることは容易ではないはず。

しかも呪い返しの余波で、現状北の帝国にどんな影響が出ているのかも気になるはずだ。できれば力になりたい。

とはいえ呪いが解け元の姿に戻った今、少しでも英気を養いながら、穏やかに人らしくすごしてもらいたい気持ちもある。

その間俺だって、今よりもっとできることが増えていくはずだ。

いつか訪れるであろう日のために、この異世界生活、めいっぱい楽しみながら成長していくぜ！

最強最古の神竜は、辺境の村人ドランとして生まれ変わった。質素だが温かい辺境生活を送るうちに、彼の心は喜びで満たされていく。そんなある日、付近の森に、屈強な魔界の軍勢が現れた。故郷の村を守るため、ドランはついに秘めたる竜種の魔力を解放する!

1~25巻好評発売中!

コミックス1~13巻
好評発売中!

illustration:市丸きすけ
25巻 定価:1430円(10%税込)/1~24巻 各定価:1320円(10%税込)

漫画:くろの　B6判
13巻 定価:770円(10%税込)
1~12巻 各定価:748円(10%税込)

家に住み着いている
妖精に愚痴ったら、
国が滅びました
著 猿喰森繁
Sarubami Morishige
私を虐げてきた国よ
さようなら!
虐げられた少女が送る、
ざまぁ系ファンタジー!
魔法が使えないために、国から虐げられている少女、エミリア。そんな彼女の味方は、妖精のお友達、ポッドと婚約者の王子だけ。ある日、王子に裏切られた彼女がポッドに愚痴ったところ、ポッドが国をぶっ壊すことを決意してしまう!　彼が神の力を借りたことで、国に災厄が降りかかり——。一方、ポッドの力で国を脱出したエミリアは、人生初の旅行に心を躍らせていた!　神と妖精の協力の下たどりついた新天地で、エミリアは幸せを見つけることが出来るのか!?
●定価:1430円(10%税込)　●ISBN:978-4-434-34858-7
●illustration:キッカイキ

気が付くと俺は、「ドミナント・タクティクス」というゲームの世界に転生していた。だがその姿は、主人公・ジークではなく、序盤でボコられて退場するのが確定している最低のクズ貴族・アルフォンスだった！　このままでは破滅まっしぐらだと考えた俺は、魔法と剣の鍛錬を重ねて力をつけ、非道な行いもしないように態度を改めることに。おかげでボコられルートは回避できたけど、今度はいつの間にかシナリオが原作から変わり始めていて――

◉定価：1430円（10％税込）◉ISBN：978-4-434-34867-9
◉illustration：ごろー＊

この作品に対する皆様のご意見・ご感想をお待ちしております。

おハガキ・お手紙は以下の宛先にお送りください。

【宛先】

〒150-6019 東京都渋谷区恵比寿 4-20-3 恵比寿ｶﾞｰﾃﾞﾝﾌﾟﾚｲｽﾀﾜｰ 19F
（株）アルファポリス　書籍感想係

メールフォームでのご意見・ご感想は右のＱＲコードから、
あるいは以下のワードで検索をかけてください。

アルファポリス　書籍の感想　検索

ご感想はこちらから

本書は Web サイト「アルファポリス」（https://www.alphapolis.co.jp/）に投稿されたものを、改題、改稿、加筆のうえ、書籍化したものです。

神様《かみさま》お願《ねが》い！

～神様《かみさま》のトバッチリで異世界《いせかい》に転生《てんせい》したので心穏《こころおだ》やかにスローライフを送《おく》りたい～

きのこのこ

2024年 11月 30日初版発行

編集－村上達哉・芦田尚
編集長－太田鉄平
発行者－梶本雄介
発行所－株式会社アルファポリス
〒150-6019 東京都渋谷区恵比寿4-20-3 恵比寿ｶﾞｰﾃﾞﾝﾌﾟﾚｲｽﾀﾜｰ19F
TEL 03-6277-1601（営業）　03-6277-1602（編集）
URL https://www.alphapolis.co.jp/
発売元－株式会社星雲社（共同出版社・流通責任出版社）
〒112-0005 東京都文京区水道1-3-30
TEL 03-3868-3275
装丁・本文イラスト－壱夢いちゆ。
装丁デザイン－AFTERGLOW
印刷－中央精版印刷株式会社

価格はカバーに表示されてあります。

落丁乱丁の場合はアルファポリスまでご連絡ください。

送料は小社負担でお取り替えします。


ISBN978-4-434-34683-5 C0093